情书一束

民国海派文化经典 · 章衣萍

Classics *of* Shanghai Culture

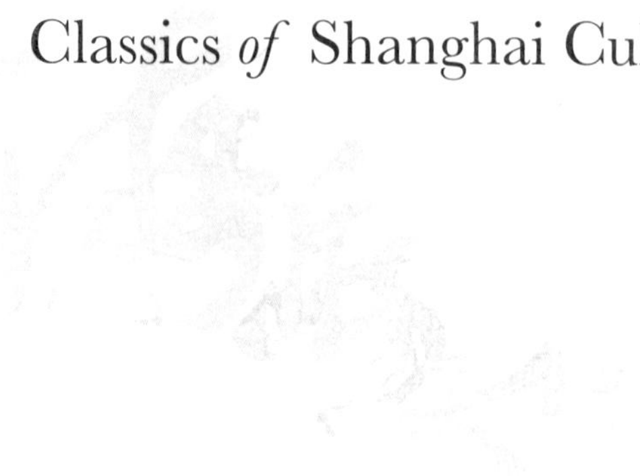

章衣萍 著

上海科学技术文献出版社
Shanghai Scientific and Technological Literature Press

图书在版编目（CIP）数据

情书一束 / 章衣萍著．—上海：上海科学技术文献出版社，2018
（民国海派文化经典）
ISBN 978-7-5439-7708-2

Ⅰ．①情…　Ⅱ．①章…　Ⅲ．①短篇小说—小说集—中国—现代　Ⅳ．①I246.7

中国版本图书馆 CIP 数据核字（2018）第 162527 号

选题策划：张　树
责任编辑：贾素慧
封面设计：周　婧

情书一束
QING SHU YI SHU
章衣萍　著
出版发行：上海科学技术文献出版社
地　　址：上海市长乐路 746 号
邮政编码：200040
经　　销：全国新华书店
印　　刷：常熟市人民印刷有限公司
开　　本：850×1168　1/32
印　　张：8.5
版　　次：2018 年 9 月第 1 版　2018 年 9 月第 1 次印刷
书　　号：ISBN 978-7-5439-7708-2
定　　价：80.00 元
http://www.sstlp.com

出版說明

經典文化，歷久不衰的典範之作。民国海派經典文化書系輯錄中國二十世紀二三十年代的經典著作二十七種，內容涉及詩歌、散文、小說等，如戴望舒《望舒草》《我底記憶》、邵洵美《詩二十五首》《天堂與五月》、陳夢家《夢家詩集》《鐵馬集》、劉大白《秋之淚》、周瘦鵑《紫羅蘭集》、章衣萍《寄兒童們》《隨筆三種》、郁達夫《屐痕處處》《春風沉醉的晚上》、穆時英《南北極》《白金的女體塑像》《交流》、丘東平《紅花地之守禦》、蔣光慈《衝出雲圍的月亮》等，都是具有典範性的傳世佳作。

中國文化，源遠流長。晚近以來，中西文化激蕩，上海是融匯中外文明的樞紐，民國時期大批文化精英彙聚滬上，中西合璧、古今交融，孕育了獨具特色、海納百川的海派文化，留下了豐厚的文化遺產。

民國海派文化經典書系，以館藏民國珍本原版影印，精裝製作，益于讀者閱讀賞析、研究皮藏。此叢書以更加普及的方式便於讀者重溫經典，使一批市面難覓之珍貴刊本進入了普通大眾的視野。

我們致力於優秀文化的發展傳承，出版事業，精益求精，永無止境。我們期待廣大讀者不吝指教，提出寶貴意見，從而更好地滿足讀者的需求，更好地為讀者服務。

編者

二〇一八年七月

情書一束

衣萍 著

情書一束

衣萍 著

初版自序

——錄末一節——

我不是文學家。所以這書出版後，世人對於牠的毀譽，我全不計較。像我這樣無能而且「地位很低」的人，世間的侮辱欺凌，正如太陽的光熱一般，何地不飽受其恩惠。至如意外之譽，我曾對朋友K君表示我的意思過：就是眼前有人恭維我爲文學家，或者後世竟有荒謬絕倫的人將我扯入什麼文學史，那樣空虛的無意義的榮華，在我看來，遠不如我的親愛的人的臉上吃得得胖些爲有趣味！

暮春

——衣萍

目次

桃色的衣裳

我費了許多心力和時間，將菊華和逸敏的殘稿整理出來，即以付印。上篇爲菊華的信，下篇爲逸敏的日記。嗚呼，原稿糢糊雜亂，不能卒讀。經我整理以後，誰還能看得出我的補寫的痕迹，與原稿的眞面目呢？菊華？逸敏？是耶？非耶？留待後世考據家的考證可耳。

呵，你們忠誠的讀者呵，假如你們心中能得着一些婉轉淒切的影子，那就是原稿的靈魂吧，望你們珍重！

上篇

（一）

一

可愛的朋友：

你果然能夠「解脫」了麼？你的「解脫」一詩，凄凉而且多情，眞是令人一唱三嘆，不忍卒讀呢！愛情好像撒種，有時種子難免撒在石塊上，有時風雨不順，或者害蟲爲虐，收成便沒有希望了。我從你給我的許多信中，知道你和她戀愛的經過情形，看出你是一個愛情田中的勤苦農夫。你對於她的深刻的戀愛是可歌可泣的。然而你終於失戀了！愛情是不能買預約券的，了解這層也可自慰些吧！

昨天我正腰痛，小婢珠兒和隣家的姑娘們又圍着要我說笑話。我胸中的新愁舊恨正不知如何遣去，所以便和伊們强笑當哭地鬼混了。你的詩便是那時寄來的，我接着你的詩便一個人到房裏關起門來誦讀。珠兒和幾個小姑娘多不住的怨鄭差多事呢。

我現在還應該對你說：一個人由得戀而失戀，精神自然要頹唐些，其實失戀的人生，也是有意義而有趣味的。你自己應該怎樣珍重自己是不用多說了。我認自己可以作你的精神上的安慰者，別的，我現在不敢說呀！

你愛的朋友　三月九日

（二）

可愛的朋友：

你寄給我的幾本書都收到了。我因爲久病心情萎頓，環境又十分不佳，所以看書的興趣也漸漸減少了。每天只是和小姑娘們談幾句閒天，或者閱幾張小報完事。我的生命一天天的向沉淪方面走去，自己實在無法挽救了。承你的好意屢次函慰我，字字從心坎中出來的忠言，可愛的，我一定努力自拔，——但是如何能夠呀！

我愛的朋友！我三夜不曾合眼了，想遍了牀頭也？望遍了牀角也，眞不知如何自慰慰人呀！我心境上常有突然而來的歡喜，當我闖入苦境的時候，大約是個飄渺的夢境吧。我心境上常有突然而來的恐怖，當我得到樂境的時候。要說仍然是夢境，何以恐怖却長在眼前搖曳呢？

我愛的朋友，你永遠是我所愛的，我放胆地說了，你相信嗎？

你說：「這次的失戀，受的刺激的確太大了。」眞的，刺激足以損失人的精神，頹唐人的健康，然而也未始不是一種實際的學問。沉溺在刺激的波浪裏的人，遇着風浪過大時，往往自己感到承受不住。

實際是領畧眞實的人生，生命的眞意味，只有經過了刺激的最高潮的人，纔能體味得到呀！

我想說的話竟像海岸一般的無涯無際的沉長，現在姑且留着，下次再談吧。我要去睡了，望你到夢中去等着我。

你愛的朋友　三月十一日

（三）

我的好人：

你對我竟要求……可愛的，你眞是一個小孩，未兗太急切了吧！你應該想想：像我這樣一個病人，如何暫時便擔得起你的深重的愛，擔得起你的珍重的生命呀！幾夜不曾安睡的我，不過得到一些甜蜜的安慰的夢吧。你不要笑我。我夢見我又病在牀上，可愛的你却坐在我的牀邊，你的臉龐正同你寄給我的相片一般嫵媚。你的呼吸比麝香還要香，你的腋比桃花還要好看，你的手比芍藥還要美麗。你髣髴嘻笑頑皮地擁抱着我，要我吃藥，我倒在你的懷中，只是撒嬌撒癡地不肯吃。你舍了一塊糖果放在我的口中，要把藥水硬灌下去，我沒有法子，便用手呵你的腋下怕癢的地方，你哈哈一笑，將一碗藥水完全潑在我的身上，外面媽媽跳進來罵：「鬧些什麼！」我吃了一驚，也就醒了。我愛的，我醒來望見房內漆黑，窗外三五曉星，在天上閃爍，外房內媽媽的鼾息聲，也隱約可聞。我愛的，這是一個夢中的情景呀，假如是一個實在的情景，我却要害羞，十二分地害羞了！

我因爲病久了，所以自己有時也忘記了自己是病人；但這番爲了你，我又時時刻刻地掛念着我的病了。我的身上的病不知道何日可愈，但是至愛的，我心中的病，隱在心的深處從來沒有告訴過人的病呀，我怎樣可以不告訴你？

我要告訴你……但是至愛的，媽媽不久要到我房裏來，我只好不寫了，你且耐心等着吧。望你為了我而珍重你的身體！

你的好人　三月十五日

（四）

我愛的：

等了這樣悠久的日期纔眞眞地看着你的信，我是如何的焦急而且欣慰呀！

你又有一點不舒服，我也因為這樣一天一天不接着你的信，正在胡思亂想地猜着呢。你已經痊愈了嗎？眞的，那麽我也可以放心了。

我近來因爲兩個難解的問題攻着我的心，所以晚上又不時發燒了。我的媽媽也十分憂愁。我愛的，假如我的心中沒有可愛的你的希望和夢想呀，我想我早應該離開這麻煩的世界，走入那冷酷的墳墓了！

我愛的，我沒有一件事不願意對你老實說呀。你爲了我前信沒有同你說明的事十二分着急，我也深深地感謝你的濃情與厚意了。但是我想說的話也正是長江一般的無涯無際地沉長呀，我從什麽地方同你說起呢？我的境遇這般惡劣，我不能埋怨上帝，只有痛恨我自己的運命吧！

這是上前天的晚上，媽媽們都靜悄地睡熟了，我一個人偸偸地起來，點着燈兒；想把心中的話儘情告訴你，剛提筆寫下了「我愛的」三個字，沒來由地一陣心酸，眼淚便忍不住的滔滔地滾下來。我便無論如何也寫不下去了。那天晚上我發了一晚的燒，直到第二天的午間纔好。

我愛的，我是一個有了婚約的人，這件事當使你十分難受吧！有什麼法子？生在中國這樣的社會，整千整萬的女子都爲了爺爺或媽媽犧牲了，隨便替她嫁一個人，所謂嫁雞跟雞，嫁狗跟狗，這本來是中國女子生鐵鑄成的奴隸命運。這件事，我一想起來便十分心酸，所以從來沒有和任何同學或朋友說起過，就是介紹我和你通信的德珍姊也不知道。

我愛的，讓我告訴你：那一年，是我十四歲的一年吧，我的爺爺從甘肅回家。我爺爺在甘肅做道尹，那一年夏間歇任回家，就在家中閒居了。我的哥哥是很怕我爺爺的，他平常在家中作威作福，但只要聽見爺爺在門外咳嗽一聲，便登時滿室肅靜，鴉雀無聲。爺爺因爲在家中無事，所以同幾個官場老友，常常抹牌消遣。那時他愛我，實在勝過我的哥哥，他說我比我的哥哥聰明伶俐。我少時便會奉承我的爺爺，有時爺爺同媽媽不知爲了什麼緣故吵起嘴來，只要我撒嬌撒癡地說笑幾句，他們倆兒的怒氣便完全消滅了。因爲我的哥哥生性頑皮，所以我的爺爺常常嘆氣，說我不應該是個女孩，假如是個男孩，他也就無掛無慮了。一個秋天的下午，我爺爺正和兩個胖子一個老年人抹牌，那老年人名叫王榮，是做過南京道尹的，我們都稱他榮伯伯。那天好像是星期，我站在爺爺旁邊看抹牌，榮伯伯坐在爺爺的對面，他抹了一抹鬍子，將我望了一望，笑着對我的爺爺說：「小姑娘一天一天地大起來了，也應該許人了。」爺爺也笑着將我的背上拍了一下，說：「醜姑娘，沒有人家要呀！」「好說，好說，這樣好看的姑娘，倒沒有人要嗎？我來做個媒，好吃喜酒。」榮伯伯說到這裏，我覺得害羞，臉兒一紅，一回身便跑到母親房裏去了。

我愛的，還是我的婚約的第一幕的開始。現在想起，眞恨那多事的榮伯伯，但自己那時爲什麼不反抗呢？自然是年紀太輕，而且心中總是怕羞，自己不好開口。後來那老不死的討厭的榮伯伯的計劃終於成功了。一天的晚上，媽媽將我叫到房中，說：「爺爺已經將你許給霄波任家，任家是有名的任百萬，同榮伯伯很熟，所以這媒一做就成。」說了，伊只是望着我笑。我紅着臉兒站在媽媽面前，眞羞得無地可容。媽媽接着又說：「任家的孩子聽說長得很好，方臉大耳，很有福氣，現在家裏請了兩個先生教四書五經呢……」我愛的，我那時在乾河沿的女子小學讀書，已經染着些一知半解的歐化了。我聽說那孩子在家裏讀四書五經，心中的確有些不舒服了。想不到我的命運還有更大的不幸！是我訂了婚約的第二年，一個冬天的晚上，我剛走近媽媽的房門邊，彷彿聽爺爺和媽媽正在談論我的婚姻問題，我便悄悄地躲在房外竊聽，只聽見爺爺說：「小孩子吃鴉片，終不是好事！任親翁也太糊塗了，不肯拘束他！」……我愛的，我只聽見這幾句話，心兒已經像尖刀宰割一般個疼痛了，我便不能再聽下去。那晚我回到房中，便一個人蒙着被兒哭了一晚。從此我對於人生完全灰色了，身體也漸漸瘦弱，時常生病。媽媽知道我心緒不佳，大概是爲了婚姻問題，於是也常常和爺爺拌嘴。爺爺從此待我也沒有從前親近了，看見我彷彿總有點不安似的，據媽媽說，爺爺對於任家的姻事也有點後悔，但大家都是場面上的人，有什麼法子可以解除婚約呢。

我愛的，你想像着吧，我從那年高小畢業，一直進了女子中學讀了三年書，這四年中我的痛苦實在難以言語形容的，身體也一天天地不行了，心頭狂跳，晚上難睡，經醫生證明我有肺痨病的象徵以後，爺爺媽媽也就十分着急。家庭中因爲我的疾病和憂愁，也減少了許多平安的顏色了。直到去年的秋天，我爺爺因爲L州工場督辦的事，來L州就任，我和媽媽偕了同來就居鄉間。

我愛的，我一氣寫到這裏，眼淚忍不住滾滾地流下來，濕透了紙面；你細看這紙上無數的淚痕，當知道我心中的無限痛苦吧。多情的你，看着這些話作如何感想？是傷心？是失望？是同情？飽經人世憂患的你，你自己的痛苦也已經够受了，不要再爲了我的事而憂壞了你的寶貴的身體吧！

我愛的，我還應該告訴你，這是比較可以欣慰的，因爲今年春天任家來了一封信，說是明年要結婚，已經爲我的爺爺拒絕了，理由是我近年身體多病。所以我的問題或者還有一線的希望，只要爺爺肯痛快地解決。但是他本是一個官場中人，如何肯幹那退婚的丟場面的事情呢！舊家庭的舊禮教眞眞坑死人呀！

我爱的人呀，世界上除却你以外，我已經找不到旁的希望和慰安了。我現在活着便爲你而活着，只要我活着一天，總希望有和你見面擁抱的一天。你千萬不要爲我憂愁吧。

我覺得頭痛，已經寫不下去了。

你的人兒　三月二十一晚

（五）

我最親爱的人兒：

這兩天我只是昏昏沉沉地，已經静不下心來寫信了。我爱的，我從病後到如今，每晚只要喝一口葡萄酒，就可以安安穩穩地睡了些。

近來爲了你，葡萄酒已經沒有功效了，睡也不過是睜着眼罷了。

我親愛的，我只有張開兩臂等着你了。假使你，我不能和你見面時，我願意極痛苦地死了。……或者，我的毅力竟不能堅持到底呵，那麽，請你將我抱去，任你怎樣去解恨吧！

親愛的人呀，我每次讀你的來信，我眞不知道這般發狂的情形，你也想像得到麽？你的名字，可愛的你的名字呀，我是不住的喚着吻着，幾乎將你信上的名字都呑到我的肚裡去了。我每次接到你的信，總是一個人偸偸地走到後園樹下去閱讀，那古井旁邊的一株柏樹，已經成爲我的愛情證人了。我有時眞感動得太利害了，便斜倚着柏樹凝想，或者手舞足蹈起來，便竭力把那株柏樹亂搖，搖得樹上的鳥兒都啞啞地飛去。我愛的，你不要笑你的小妹妹太癡狂了麽？

至愛的，你不要着急，我的問題決不會永遠不能解決的。你勸我離開家庭，你的好意我也十二分感激呢。可是我是一個最不容易受人幫助的人呀！我想，我一個人晚間靜悄悄地想：我最好是能找到一種輕閒的職務，如書記，校對，或者是小學校裏的手工刺繡教師，只要有够用的錢，只要有你開能够讀書，只要工作不加重我的疾病，我的心能够安靜自由，身體也許能漸漸健康起來吧。幾日前，我曾寫信給一個朋友，託他在上海的中華商務兩書局及南京的小學代爲設法。但是，我愛的，如果你能在北京替我找得着適合的職務，自然更好，我們倆永遠不會分離，我便終身得着你的幫助了。

我愛的，你應該努力，不要爲了我的問題而精神不安呀！你應該努力忍耐着通過去不能相見的日期，假如我能夠到北京來，我便永遠爲你吻着，互相擁抱着了。我愛的，我的好人兒呀！

昨夜，我夢見你到我的家中來，我和你携手立在後園的盛開的牡丹花前，我採了一朵牡丹，插在你的襟上說：「願你如牡丹一般地芬芳，願你如牡丹一般地快樂！」

我愛的，我願你牢牢記着我夢中告訴你的兩句話！

你的夢中的人兒　三月二十四晚

（六）

我至親愛的人兒：

我十分苦悶，在這樣茫無捉摸的日子。

昨天下午，我的精神稍微好些，便想到那青青的綠水。我愛的，我自離開那美麗如畫的金陵，到這樣荒涼寂寞的北方，匆匆幾月，似乎還未親近一條較大的清澈河流呢。恰好昨天天氣清明，狂風停止了，太陽也在微笑。我倚着窗兒凝望，似乎有點心醉了。我便要求媽媽伴着我郊外閒遊。可憐我的慈愛的媽媽呀，她爲了我的病反復不愈，也已經多時不出門了。她知道我喜歡出遊，樂得幾乎流淚。

小婢珠兒已經替我們雇好騾車，她也伴着我們一同出外了。我平常行走本十分無力，而况這次又在郊外，下了騾車以後，只能緩緩地走着。信步不遠，那清澈的河流便已經在我們的眼前了。珠兒扶着我站在河邊，我的心中只是凝想：我愛的這時正坐在房中埋頭工作呢？也許正在苦悶着，急於要親近你愛的人兒了？

珠兒本是我所欣愛的小婢，她也是聰明不過的小女孩呢。但我心中的渴望終是不能滿足的，我的身傍沒有你握着我哪！我望着那清澈一碧的河水，那微波中似乎時時實現着我所渴望的可愛的你的心影。

我們在郊外閒遊了片刻，北地荒涼，但也想不到有這樣可愛的柔波！等到夕陽西斜的時節，我便緊急的催着她們歸去。我心中想：我愛的此時也許已經把信件寄來了。三點鐘到站的火車已經過了兩點鐘哪！我在歸途便微閉着我的雙目，一切都無心細看了。

我愛的，我歸來的時節，心跳得十分利害呀。你的信件却沒有來！不錯，我愛前天的信上說着正燒熱呢。你應該休息着，不要在狂風亂吹的灰塵中亂跑了呵！我的心靈中最深處的愛人呀！你近來爲了我的求學和工作的事，時常在狂風亂吹的灰塵中亂跑，我的心實在感着驟烈的苦悶呀！

我最難受的是每日晨間晚間，眼前靜悄無人的時節，因爲那便是愛情燃燒最烈的神秘時節呀。我想，我愛的，我默默地想：我愛的你是在理想上不會失敗的了。你應該快慰了吧！

你們那裏近來有什麼進行？可憐我的愛人！你身體不舒服還要作

工，我好心疼呀！你叫我好疼你，我愛的人兒呀！

你愛的　三月二十七晚

我還該告訴你，我這幾天又服着藥水了，是我的舅父配的藥水，他上星期來替我診過。他說：「病根已深了，但也不十分要緊，要全愈却須很多的時日吧。」

我不願意吃那樣酸苦的藥水，所以旁的東西也懶得吃了。而且一吃下藥水再吃旁的東西便要噁心；今天更是全身無力想睡又不能睡！我愛的，你握着我的手吧，你便感得刺你心般的涼了。請你將我的手放在你的心上吧，溫暖了以後爲止，我的手便也永遠同你的心兒一般溫暖了。……

你愛的　三月二十八日又書

（七）

夢裏的人兒：

你說你替我找的事下學期有希望，我十分高興。我想小學教師也好，家庭教師也好，只要功課不多，適於我的柔弱的身體，我都願意擔任的。

我的靈魂兒已經早到了你的身邊了。昨夜，我又做了一個甜美的夢，夢見一條寬廣的道兒，兩旁都是密密的森林。我同你坐着一架有棚的馬車，好像是到什麼地方去遊玩似的。我很高興地躺在你的懷裏，撒嬌撒痴，你親切極了，把臉貼在我的臉上溫存我。馬車曲曲折折的走了許多路，經過沉寂的田野，來到一條幽靜的小河邊，靑天白雲，極目無涯。沿河而下，寂無人聲，連趕車的也忽然不見了。可是車兒仍不住地行動。這時你的模樣有說不出的可愛：又甜密，又微弱，又纏綿，又嬌嫩，又飄逸，你的頭只在我的懷裏打滾。最後你似乎對我要求什麼，你的手在鬆我的裙帶，我半羞半嗔地拒絕你。你生氣了，我也就醒了。

我愛的，甜美的夢境總有實現的一天的，假如我們倆兒能勇敢地進行呀！你應如何珍重你的身心，是不用我多說的了。

你的愛人　四月一日

我敬愛的人兒：

現在我受良心的苛責太深了，對你對他均覺十分慚愧呀！……我永遠地受着良心的苛責了！我自己實在不容我自己了！我只想死去，快快地死去！我已經沒臉面再見我愛的人兒了！

我愛的，我不知道爲什麼這樣長久的時間內，覺不明白地告訴你，我除了要解除舊式婚約以外，還有旁的愛情問題。我愛的，愛情比生命要緊，我愛的他也曾常常對我說過。我和他密守着純潔而不肯放縱的愛三四年。我們認識的開始，是在玄武湖邊。呵，江南的玄武湖心，有我和他初見的影子。我想那影子是永久不會消失了的。記得一個暑期的黎明，我和我的女友，攜手偕行，並肩言談，細碎的聲浪和諧着遲緩的步湊，小鳥兒掠過那些緊閉的街門。曉風吹臉，淸人心畔。信步走出玄武門，傍着女友，坐了一隻小艇，漂泊在綠溶溶的清波裏。水上的金鱗，紫黛的鐘山，在清晨的陽光底下微笑。含苞的紅蓮，還在濃睡。

船兒朝着湖心飄泊，經過曲曲折折的小橋，到了三角亭邊。陽光愈高愈熱，直射湖面。我便扶着女友，走下小船，靜立湖邊，觀看湖山的奇變。

在近岸的樹林裏，我們信目望去，似乎有一人兒，穿了輕便的襯衣，戴了一頂寬簷的高帽，坐在小巧的櫈兒上，低首繪畫。

我是歡喜畫的，無論什麽畫都可使我停留怡神！我便携了女友的手，走上前去，我說：「可讚美的雅人！在這樣早晨，來描寫湖山的美。可惜我不曾帶了畫具。」「如果你帶了畫具，確可算湖上一對！」女友取笑地說，我也自覺失言，不覺羞紅了臉。

我們羞怯怯地走近那個不相識的人兒的身邊，他，一個臉龐清瘦少年，抬起頭來望着我們微笑了一下，又低了頭來注意他自己的工作。他在描寫陽光底下的湖邊樹林，湖外鐘山，那背景的紅濃，鮮血似的顏色，他的畫筆一筆一筆地塗，我的心中的鮮紅血潮，就隨着他的筆尖飄蕩。

待到他完成了工作，微笑地站起，互相問了姓名，我纔知道他名叫「謝啓瑞」，是南京美專的學生。

廣漠的人間，從此有了我和他的愛的痕迹。

我那時正感覺家庭婚約的痛苦，便不自主的被愛神引導着走到他的最親密的路上去。我們的光陰，一天天地在信箋上消逝；我們的心魂，一度度地在情海中浮沉；我們的痛苦，一絲絲地在紙面上互相告訴。

可憐的他，是一個沒有父親的孤兒，家境十分淸苦。他在南京讀書，完全是自己掙錢生活自己。

然而命運弄人，那年秋天，我的身體漸漸不行了，每宵不能安眠。淸夜的鐘聲，會使我驚駭；黑暗的幻影，會使我心悸。我想：假如我的前途是暮秋，我是花，便應該萎落，是草，便應該枯黃了；假如我的前途還是初春，我便應該鮮紅的盛開，碧綠地滋長着。

我不擔心我自己的病，仍舊住在校中。每天同他通一封信，每星期同他見一次面。我們在信箋中竭忱地戀慕，竭忱地歡欣，然而我們見面的時節，反而靜默無語，常常含羞地紅了臉龐。

是秋季風光明媚的一天，他約我往遊鐘山，我的女友多勸我不要外出，勸我該保重身體。然而爲了可愛的他，我還怕什麼百丈的鐘山呢，就是千丈的萬丈的鐘山，我也願意伴他前去。我的生命活着便是爲了他，什麼犧牲都是願意的呀！

然而我的病竟漸加重了，終夜燒熱，飲食全廢；月中人影，屋外風聲，都足以助我的淒涼怨恨。他的一封封的可愛的信，每天放在枕邊，作爲我病中的陪伴。病情一天天地重起來，學校的當局也就强迫我停學回家。我愛的，你想像着吧，那時我和他是何等的痛苦。我以爲自己的身體是不會有復愈的希望了，愛的束縛，徒增他的煩惱。就寫了一封決絕的信給他，信中大意是說：我的病大約是沒有痊愈的希望了，休學歸家以後，勸他就當我死了一般，不要再記念着我。

我愛的，那知道被熱情追逐了瘋狂的他，過了兩天竟跑到我家中來找我呀！那時我睡在房中，什麼也不知道。他見着我的爺爺，說要到臥房來看我的病。我愛的，我頑固的爺爺怎樣的罵他，是我所不知道的；他於罵走了我的情人以後，還把病倒在牀中的我，拍案頓足大罵了一頓。我的病受了那樣的激刺，次二天醫生來看就不肯開藥方了。我愛的，我那時眞想自殺！但我眼見可憐的媽媽在牀前哭：「寶寶呀，心肝呀！我沒有做了什麼惡事，爲什麼一個女兒也養不活呀！」我聽見媽媽的哀音，心中便非常難受，眼中也不住的流下淚來。我因爲捨不得媽媽的一個念頭，便把自殺的思想慢慢地溶化了。後來我的病養了許多時漸漸能够起床，但我因爲病後心中抑鬱，所以也沒有寫信給他。

自從到了L州以後，我的爺爺因忙於工場的事務，不常回家，我們又開始通信了。我在和他停止通信的許久時間內，看見他在報紙雜誌上發表的許多小說詩歌，完全都是灰色了。我愛的，我心中對他本十二分地親愛的，所以我又時常用情書安慰他。他，可愛的人兒呀，對於那過去的我們倆兒愛情的傷痕，竟一句話也不提起，他對於我的爺爺也毫無怨艾之意。

我愛的，當你告訴我，你已經失戀了，我爲你幾夜不曾安睡，時時願意安慰你失戀以後的心。我是世間一顆情種，我便不忌憚地隨處遇着可憐而多情的人，我便不忌憚地盡量的用愛情安慰他……

我現在自己發見的錯誤，就是我和你由通信的朋友而至懇切地愛着，拿愛來安慰你，爲何不老實將我以前的愛人告訴你呢？我想起來十分懺悔呀！我愛的，請你諒解我吧！

我自己終日終夜的想，舊式婚約問題還不知何日解決，現在我已無心去記着那些討厭的問題了。我心中只有你和他的愛燃燒着呀！我爲了你和他的愛情，什麽貞操問題，我也是要打破的了！

我希望你不要因爲我有他而憂愁，因爲你應該愛我一切的所愛，愛我一切的事物。

我願意你和他將來能成爲很好的朋友，我來介紹你們。

你愛的人　四月四日晚

（九）

我至愛的，永遠愛的伴侶：

我這柔弱多病的身體，被兩個異性的人切愛着的身體呵！天呀！我十分想珍重着，但如何叫我珍重得起來！

幾日來什麼東西都不能引起我的注目了，梳頭洗臉皆以爲多事。我愛的，我現在好比一個「傻大姐」，——這是一個由法國回來的朋友告訴我的故事。他說在回國的輪船上遇着一位法國女子，大約因爲不幸的戀愛而弄成神經病了，眞是一個「傻大姐」，逢人稱道她的情人。我愛的，我將何處去稱道我的情人呢？

今天早起，還未梳洗畢，珠兒已經抱了一堆信札和書件來給我了，這時候我幾乎要痛哭出來。我想：我任世界上活着便爲了這兩個情人呀！但是我這樣柔弱苦命的身體，如何能接受着那般熱烈的愛呢？我現在只希望上帝把我這孤苦柔弱的身體，分配得勻些，分給我的兩個情人，你們每人管領我的一半吧，我愛的！

你說這兩天沒接到我的信，我前幾天有封很重要的信給你，大約總不致遺失吧！我至親愛的好人，我們萬不得已用書信傳達着愛呀，假如魔鬼還從中作梗，我將如何是好呢？好人呀！

我愛的，你千萬好好地忍耐着吧！我現在已不知如何是好了，你這樣想我呀！我只希望不知何處有順便的風兒，將我吹到你的懷中來，我天天等待着。

啓瑞今天已有信來，我把他的信轉給你看吧。我剛纔已經寫信回他，我說：我愛你們倆兒全是一樣，將來失敗大家一塊失敗，勝利大家一塊勝利，我是絲毫無所偏向的呀！至愛的，我從有生以來便不曾想到我一世能不在這狂飈時代中生活——我羨慕瘋人的舉動了！

天空的浮雲已遮去了太陽，不久也要下雨了吧。我是在潮濕的地方住慣了的，一旦到了長久不得雨澤的北方，心兒也有些乾燥了。我正夢想那美麗江南的朦朧烟雨呢。

你愛的　四月九日

（十）

我至親愛的：

我不知道你收到我那封爲難的信沒有？愛人呵，你還不給我回信麼？我是怎樣等待着我愛的福音呀！

我們成熟了的熱烈情感，我們雖然沒得見面，我們的心中不是天天焦急麼？我們已經十分了解了的愛情，我們萬不能再有意見和猜忌了！

我的可憐的人兒呀！你千萬不要因爲他而心中憂愁吧！唉！我已經不知道如何是好了？這兩天，我已經不能珍重我自己的身體了。我想着你，想着他，想到無可奈何的時節，只有走到後園樹下去流淸淚，感嘆我自己的命運。

我的好人呀！我終究要爲你所愛的。我的心，我的靈魂，我的血，我的肉，沒有一點一滴不願爲你所愛的呀！我的好人呀！你還要我怎樣？你要我怎樣，我是很願意怎樣的。我愛的人呀！

你千萬不要爲了他而憂愁，千萬快寫信來，你千萬珍重你自己，你珍重，我便不痛苦了。

想你的人　四月十日

（十一）

我愛的：

我的確是爲難着啊，心緒也十分混亂了。今天啟瑞有信來，說是南京基督教小學有一位國文教員回家病故了，要請一位代課的人，於是便將我介紹去了。每日教兩三點鐘課，是有閒暇自修的。而且每月二十幾元，零用也夠了吧。金陵是我舊遊的地方，我有很多認識的女友在那裏，並且六朝的名山勝迹，我已經闊別多時了，極想去遊玩一周呢。江南天氣，養病也是適宜的。

我已經去信告訴啓瑞，兩星期以後到南京，現在功課只請啓瑞暫代着。但我是否能够去呢？去又如何捨得你？我自己十分爲難呀！

你替我找的事要下學期纔定，這悠久的幾個月如何過去呀！爺爺下月是要同家一走的，同家大約也只能住半個月。我離開家庭只說去就醫，媽媽是已經答應了，因爲她知道我的病在家中一定愈住愈壞的。我想在爺爺同家以前就走。我的確捨不得你，一個眞情的剛纔失戀的人，我如何可使你痛苦呢！我十二分地爲難了。

我至親愛的，我只看到你前次的信上用維特來比你自己，使我的眼中含了極苦酸的熱淚了。維特的結果是怎樣可悲呀！我決不能使你到那種地方，我決不能像綠蒂般的忠於阿伯爾，你放心吧。

你愛的苦命的人　四月十一日

（十二）

我夢裏擁抱着的好人：

我的心已經被相思撕成碎片了，我至愛的，你千萬不要和我一樣呀！……我一想到你就坐臥不安了！你和啟瑞都太愛寫快信了，你們一天一封快信地催我，他要我到南方去，你要我到北方來。我至愛的，我如何是好！我如何是好！

我將如何犧牲一切，來完成你和他的心願？我將如何接受你和他的純潔的愛情？我將如何完成你和他未來的幸福？我將如何負擔你和他的珍貴的生命？

我愛的，我日夜哭泣着。

我的身體已經不能支持了。我愛的，你誠可憐，他亦可憫，我只是不能憐惜我自己了！我如何是好？

我吻着你，抱着你的頭兒痛哭一塲吧。我願意痛哭到生命消滅，我願意痛哭到戀愛變成虛無……

我犧牲我自己報答你和他的烈火般的熱忱吧！沒有犧牲，不能完成，我願意犧牲我自已………

你永遠擁抱着的　四月十三日

（十三）

心愛的八兒呀！

我似火般的燃燒的心呀！在這樣家庭之下的我，不自由的我呀！

我如何是好？……

我愛的，、你的心就是我的心呀！我已經將你的心裝在我的心中了。你千萬不要着急呀！你為什麼又不舒服了？我愛的，我只是為了經濟，為了家庭，終不敢到你那裏來，不能在你的身旁日日夜夜的侍奉你呀！怯弱的我，多病的我，我怎麼好？我怎麼好？我愛的，我想萬萬不得已的時候，心中萬萬不得已的想來北京的時候呀！只要你借給我火車票的錢就好了！……我至愛，你快快地靜養保重！……

你愛的八　四月十五日

（十四）

我愛的：

這眞是天上飛來的消息，你應該十二分的歡喜吧！我的叔叔昨天由南方來，他要到北京有事，在北京大約有一星期的勾留吧。他昨天問我：「要不要到北京玩？」我愛的，你想，我當然說願意的。媽媽也因爲我在家太悶了，也願意我到旁的地方玩玩散散心。所以我來北京來的計劃眞可實現了，下星期一就動身。這眞是連我自己也想不到的奇事呀！我愛的，下星期二的下午我們倆便可很親愛地吻着，擁抱着了。沒見面的相思，這番可暫時的滿足了。雖然見面也是不會久長的。——一星期之後我又將匆匆回去！

然而未來的事，見面時再長談吧。這兩天你的身體好些了麼？你珍重着，在動身以前我不寫信給你了。

快見面的你的人兒　四月十八日早

附白：你不必到車站接我，我到北京自然會來找你的。

下篇

（一）

平常每天總怨郵差來得太慢了，有一次，菊華的信件忽然中途失落了。誰知道什麼惡魔從中作梗呢？但是我的一肚無處發洩的寃氣，終於加在無罪的郵差的身上。

「他年若遂凌雲志，不殺郵差不丈夫！」我抽着煙，躺在牀上，高吟着仿宋江的歪句。

這兩天，郵差和我，已經無怨無仇了罷。她明天就要來了，我還要郵差幹什麼呢？

菊華的小影確是太瘦了，不知她現在還是那樣瘦不。可愛的沒有見面的女郎！她有丟不掉的兩個情人，她有解不脫的舊式婚姻，她有纏不斷的沉重病症。呵，人生是糾纏，糾纏是人生！

到單牌樓去買了一些糖果，餅干，花生，瓜子，預備着沒見面的可愛的她明天來享用。在車上忽然想起秀芳，呵，我的殘忍的秀芳！現在買的東西是預備給菊華吃的。秀芳從前不是吃過我的好多東西麼？記得為了秀芳的好吃零嘴的緣故，我自己刻苦的省下錢來，時常買她所歡喜吃的東西，送去給她吃。我每星期日去看她，看見她的臉兒一次比一次的肥胖起來，心中總是說不出的歡喜。「你又胖些了。」你說，我就要瘦了。「你不會瘦的，我想。」「你說不瘦，我偏偏瘦給

「是你的東西給我吃胖了啦！」她說，只是笑，「你不許說我胖，

你看。」「你瘦瘦看。」「你胖胖看，」她說，瞅了我一眼，「你眞是太瘦了些。」

只要我輕輕揑着她的手，或者用指頭略略按一按她手上的肌肉，她的肥胖而紅潤的肌肉，就馬上顯出一縷縷的白紋來。我知道她的貼身是穿着緊背心的，但是她的束不住的胸前還小山似的隆起。她的圓滿的臀部，行走時兩邊搖動，曲線美的柔波，越發顯出婷婷娜娜的模樣。但尤其使我贊美的是她臉上笑時的兩個笑渦，還有她那一對肥胖的小腿，從白色的絲襪裏顯出桃色的肌肉的美的小腿。「從家裏寄來的鞋子又穿不下了。」她說。「這麽大的大脚！」「你不喜歡大脚麽？從前的女人三寸金蓮，我是九寸鉄蓮。」「我喜歡——九寸鉄蓮！」我笑着低下頭來抱着她的小腿親吻。

要不是坐在洋車上，旁邊走着許多行人，我眞要放聲大哭起來。

我有什麼呢？秀芳是吃得胖胖地愛着漢傑去了。她吃了我許多東西，報答我的只是一紙冷酷無情的絕交書，給了我沒齒難忘的酸苦的失戀滋味。

記得從前送東西給秀芳吃，順便也向秀芳要吃的東西，她寫給我有許多有趣的小字條兒。那些小字條到什麼地方去了呢？我找遍了我的箱中，架上，抽屜裏，紙簍中，我發現的只有零落的幾張不全的殘稿。

爲了免除將來的遺失，讓我將這些殘稿珍重地黏在簿上留着吧：

逸敏：

什麼東西都沒有給你。玩的是沒有；吃的，我自己今天飯也沒吃過，是更沒有的了。

你那闊人，何不拿些東西來給我？叫聽差空手而來，敲窮鬼的東西吃，好不難以爲情呀！

明天自己來不要空手來了。

秀芳

好吃的鼠兒，

叫你買會話辭典，爲什麼買會話給我啦？

梨子有點爛了，吃了味還好。

我今天沒有買東西，只有看你餓死了。

秀芳

你說對不起，我纔眞要說對不起呢。昨晚沒有得着你的允許，就將電話掛上了。現在我們班裏，什麼功課都要考試了，主任丁先生說。眞忙極了！那有功夫吃花生，和拿花生給你呵！考完了再談吧。

秀芳

小偷兒：

你這幾隻襪子，吳家偷來的吧。謝謝你，去偷東西給我。呵，我成了你的「窩家」了！

在門口攤上買的東西，貴極了。這幾隻橘兒，你猜猜多少銅子兒？……

小人兒：

我吃得胖些了，謝謝你的肥兒餅。

你的小胖子

何堪想起呢？爲了秀芳的緣故，我曾做過小偸的賊的。那天好像是端午，我到我的老師吳先生家裏去過節，吳太太端出了許多櫻子請我吃。我吃了兩個櫻子，覺得十分味美，順便當着吳太太走進厨房去的時節，還偸了兩個櫻子，悄悄地放在袖筒裏，帶了回來。後來又倣人送去給秀芳吃。那知道我做賊的舉動，怎樣竟被她發現了，所以她曾自認爲「窩家」。呵，爲了愛人而做賊，算得什麼呢？但是從前，我在夢裏也想不到那頑皮天眞的秀芳，後來竟會要堅决地同我絕交！

我想那是漢傑教他的。

四月二十一日

（二）

很早就醒了，躺在牀上，望着玻璃窗外的天空，從灰白色變成紅色，紅色過去了，接着又變成青色，太陽出來了，照到窗上，從窗上又照到房裏，照到牀上。我忍不住從薄被裏伸出手來，撫摩被上的陽光，喊着說：「可愛的菊華今天要來了！偉大的陽光，願你照到遠來的人兒的身上。」

我總覺得我的房子是太大了，太空虛了，太凌亂了，自從秀芳的足跡不踏進這房門以後。

這兩天，我的房子又漸漸整齊起來。窗紗是重新糊過了，陽光照來，益顯嬌綠；棹面的筆，硯，水盂，也整齊而嚴肅地排在一行；駝絨毯子洗得清淨而有光地鋪在牀上，書籍也按着長短站在書架上，似小學生們早晨排班似的。我喝着濃茶，凝視我的房中，又髣髴四周都迷漫着新鮮而甜美的希望。

老王從部裏打電話來，說是有幾件公事等着我去辦。為了可愛的她今天要來，我已經告訴他這星期內不去工作了。工作是要緊的，戀愛是更重大的。沒有戀愛，工作便成了空虛。

不用午膳也罷，午膳以後，心兒便漸漸不寧起來了，躺在牀上想睡，心兒更怦怦地跳得利害。

心兒呵，寧靜一會罷，從L州到京的火車是要兩點鐘纔到站的。但是，心兒，不聽話的討厭的心兒呵，牠總是不息地跳着，像頑皮小孩一般的怦怦地跳着。唉，唉，怎麼好？

房外的人們的脚步聲，迫得我不能安靜地在牀上躺着，我打開房門，向外面凝視了無數次。

「聞窗外的足音兮，疑伊人之將至！」我無可奈何地低吟着我自己的歪詩了。

她是和她的叔叔同來的。她說自己會來找我，她是一個沒有到過北京的人，如何能自己來找我呢？她的叔叔是不是陪她同來呢？我迷離於幻想中了。

「電話，正陽旅館的電話，先生！」這電話一定是菊華來的罷，我的腳步不由的很快地跟着僕人的聲音走了。「你是張先生嗎？」這不是女人的嬌脆的聲音，說話的勞騷是中年的老人罷？這是誰呢？「我是張逸敏，你是誰呢？」「你等一等……」在電話聲中我勞騷有穿着皮鞋的腳步聲，接着說，「我來了……」呵，柔和的聲音比瓌琺琳還要顫動些，我的呼吸急迫，我費了很大的氣力，只說出，「你來了！你來罷！」「我就來！」

快步回到房中，把買來的點心都在棹上擺起來。對着鏡子照了一照自己的臉，我的鬍子爲什麼又有點黑了？啊，討厭的鬍子，二十幾歲的人，怎樣有這般黑而且硬的鬍子呢？我想用剃鬍刀來刮牠，她要來了罷，怎麽來得及呢？我匆忙地丟下鏡子，把自己的衣服扯得整齊些，用鞋刷刷去鞋上的灰土，準備着我愛的神祇的降臨。

窗外，陽光溫和的照着地面，風底嘆息的微聲都靜了。柔嫩的槐樹正縵爛地垂着白花，幾個蜂兒的嗡嗡的叫聲從黃金色的丁香花的底下出來。

僕人在前面引導，後面跟着可愛的她，披着短髮，圍着白巾，她的白潔的臉兒微斜着凝望，在她的行走的儀態中，有說不出的神聖和莊嚴的美；她弱小的全身，到處流露出愛的表情，她的微笑，似陽光裏的芙蓉，她的慧眼，似清夜裏的流星。我在堦沿上望着她來，對着她點了一點頭，便快步跑去，我携着她的手兒，像携着新婦般的回到我的房裏。

「我愛你，也愛啟瑞，我只是整天替你們兩個擔心着。我們的將來怎樣呀？」她說着，帶着顫抖的聲音，坐在我的籐椅上。

「我是沒有什麼將來的。我從前日夜所想望的只是我們倆兒的見面，現在我們總算見面了，我也就十分滿足了，短促的人生，還管什麼將來？」

我的心怎樣可以騰起憂愁的浮雲呢？我連忙禁止我自己，我不忍在柔弱而可愛她的第一次見面的時節，把種種悲酸的話說出來。

「你吃吃點心罷，」我虛僞地帶着笑容說。

「我飽了，在車上已經吃了東西。」說着，她的慧眼便把我房中的四周望了一望。

在芬芳的空氣裏，我聞見她短促的呼吸。這是她的肺部薄弱的表現罷，呵，我愛的人，她早說是她的病有肺病的象徵呢。我看着眼前的她的帶病的柔弱的身子，幾乎眞要哭出聲來。呵，有什麼可以治好她的身體的，我願意拿我的血，我的肉，我的心，我的肺，我的肝，我的身上的一切的一切，作爲她的培補的藥料！

「啓瑞以前的信，你是看見過的。他的最近的幾封信，我也帶來了，」她從提包中拿出一捲信來，「你留着罷，這兩天不許看，好不好？」

「好！……」我答，把一捲信拿來放在箱裡了。「你還決定到南京去麼？」我又問。

「我想去，但是——」

「但是什麼？」

「但是——捨不得你！」她說，「我和你沒有見面過，總渴想着見一面。見着你，我又想起可憐的啓瑞，我眞恨你們倆兒今天不能在一起，但是，我現在又想，倒不如還是遠遠地離着你們倆兒，倒也心安些。」她的喉嚨悲哽住了。

「你愛我，但我不願你爲了我而離着可憐的啓瑞。南京有事，你還是去罷。——我愛，你身體這樣不好，如何能够工作呀？我眞是擔心着呢。」

「我去，——小寶寶，你肯嗎？你快信一封封的希望我能够到北方來，現在還要我去，怎麽說冽？」她稱我爲小寶寶了，其實，我比他高半個頭呢。

「那麽，你不去南京了？」

「我去——」

「我也跟着去——」

「你把北京的事丟了麽？」

「丟了——什麽勞什子的事！三月有兩月不發錢！」

「愛的，你現在用錢呢？」她急了。

「我是向朋友借錢用的。而且也用得很省——」

「呀，愛的，一同去也好，只是南京再找得着一個事纔好咧。」

我本在她的對面坐着的，我站起身來，把她從籐椅上抱起，她坐在我的身上了。

「啟瑞也只抱過我一次呢。」她忽然說。

「這幾天，我要天天抱着你——」我說，「你的身子眞輕，這樣柔弱的人如何能夠敎書咧？」

「找點工作做做，身體也許要好些。」

「爺爺肯麼？媽媽肯麼？你捨得媽媽麼？」

『爺爺不肯，——不肯我也要去，橫豎我只有這一條命。媽媽？唉，只是媽媽，——我捨不得她，正同捨不得你們一樣。但是爲了自己，我只好離開媽媽了，我覺得這樣做是對的。」她說話的時節，臉轉過朝着我，她的蓬鬆的頭髮，拂在我的額前，我的嘴唇不由的湊上去了，「你同啟瑞親過幾次嘴？」

「唔……誰還數過？」她笑了。

暮色送了她起身回去。我對着天空凝望，勞鬚雲和星全在她的脚下。呵，我的上帝！就是我今晚睡了，明天不醒了，我也可以瞑目了罷。因為我夢想的可愛的菊華已經看見而且擁抱過了。

四月二十二日

（三）

夜半醒來，聽見窗外髣髴雨聲滴滴。這時怎會下雨呢？當我送菊華回旅館的時節，天上不是佈滿了雲和星麼？我有些奇怪了，起來點燈一望，窗外果然大雨如注。

要是菊華昨天還不曾來，天呵，你要下雨，隨你的便罷。地上的鮮花，正渴望着你的點滴的甘露，我又何敢苛求呢。

但是天呵，請你憐憫我們相會時間的短促，停止了你的正在下降的雨點罷。我怕污泥要趁着你的雨水的勢力，在她的美麗的衣裙或鞋襪上留下了穢濁的痕迹。

我的禱告是無用的。昏迷的天呵，你離開我們是太遠了，不會懂得人間的艱苦。

我的心飄泊在愁苦的雨聲中，再也找不着寧靜的睡眠的門了：

「菊華的確是太衰弱了。衰弱的是她的身體，偉大而勇敢的是她的精神。她有那樣偉大而勇敢的精神，所以能夠愛我，也能夠愛啟瑞，能夠並行不背的愛兩個男人！秀芳的身體豈不肥胖嗎？她的精神卻是太萎靡而且卑怯了。她愛了新的，丟了舊的；她要了這個的東西，還了那個的東西；她用了甲的眼淚，去換得乙的歡笑。秀芳是自私的，狹猾的，反臉無情的。但她是我所愛過的。我的眼中還存着她的笑容，我的心中還戀着她的嬌態。以愛始的不應該以恨終。秀芳是有缺陷的，然而正因為她有缺陷，我更應該原諒而愛戀她。

「一個女人是不是應該同時愛兩個男人呢？不，不能。一個女人只應該愛一個男人。書上這樣說過，社會有這樣的法律，人間有這樣的真理。但是，我不相信書上那樣的笨話，我不相信社會那樣的蠢法律，——是的，法律沒有一條不是蠢的！——我也不相信人間那樣荒謬的眞理！

「眞理是什麽東西呢？老師L先生說得好：『眞理就是鞋子，各人都找得着他的一雙適合脚跟的鞋子！』

「眞理沒有一定的。我不相信旁人的眞理；我只相信我自已的眞理；我要反對已成的眞理，我要創造新鮮的眞理。

「最可憐的是天下無數的可憐男女正在相信這些『削足適履』的眞理！

「一個女人可以愛一個男人，也可以愛兩個或兩個以上的男人，只要她的愛是眞實的。

「愛是應該絕對自由的。愛神是有翅膀的，她不應該受任何的拘束！

「爲了秀芳的狹隘的愛，使我厭惡潔傑；爲了菊華的偉大的愛，使我讚美啟瑞。

「呵，啟瑞也是眞實的，偉大的愛者！他知道菊華已經愛我了，他從前給菊華的信却毫無怨尤嫉妬之意，他在信上說他願意和她愛的我做朋友，他的胸襟是何等光明而且潔白呵！啟瑞這番的幾封信上說了些什麼話呢？菊華爲什麼這兩天不讓我看？她有什麼深意呢？我不忍違背她的愛的命令，但我終於故意違命一次了。」想到這裏，我從牀上滾了起來，從箱裏打開啟瑞的信件，在燈下讀着。

雨聲在窗外越滴越緊，我的心只在那一張張紅色信箋的一個個字上盤旋着。讀到傷心而感激之處，我忍不住流下無限同情的熱淚了。我便在燈下把那些眞切而動人的信，擇要地抄錄下來：

我心底最深處的菊華：正在夢中倒在你身上痛哭着的床邊，忽茶房叫醒了我，拆讀你底信：：我祇是軟弱地哭着呢！：：我此刻要寫的話，覺得無涯的冗長！：：好人呀，我們底悲哀，我底苦痛，我們底熱愛，憂愁，感激，寃枉，我們現在所感受着的一切，現在暫時在我倆底心底裡隱秘地藏匿着吧，等相見的時候，都化作傷心的熱淚來流溺吧！

我每次寫給你信的時候，必定要寫壞四五次，心中好像有一種將爆烈的火焰要在文字上表現出來，可是寫到最後，總成了一封冷冰冰的信，我自己也不明白這是甚麼情境中的現象？

今天，明明是有事可說了，我也一樣的不知道從何說起。我記得你從前曾經對我說過：你情願同我做一個和愛人一樣的朋友；經濟獨立；放假的時候，共同生活。我至愛的菊華，你這種廣大的理想的愛情和高超的志趣，久使我崇敬着，也最使我深愛着的，我前信所說的使你不致爲難，使他不致那樣的一個解決方法，我正是要想實現你底廣大的同情的心意呵！前前次的信中，祇因爲一心熱望着我至愛的早日達到圓滿的心願，所以一切都忘卻了。

現在不知道北京方面的事情，已否確定？這裡的基督小學，因爲有一位國文敎員回家病故了，要請一位代課的人，我於是便將你介紹去了。功課很少，每日只敎兩三點鐘，是有功夫自修的。基督小學在清凉山下，那裏的空氣十分新鮮，養病也是很適宜的。每月有二三十元的薪水，零用也足夠了吧。

我至愛的菊華，倘若你在北京方面已經確定，或者你以爲北京方面可以速達你願望的，那麽⋯⋯倘若你愛慕江南底景物風光，你以爲你底身體適合於江南底水土氣候，那麽我們祇盼望着你的南渡了！倘若要整頓行李，遲點也不妨事的，因爲本來請不出一個相當的先生，我去替你代課也可以的。我現在的心神清淨，好像明月當空，除了慶祝你達了你心願外，更無別的心。但是，唉！路途這樣地遼遠着！孤單單的一個人哪，上車呀，渡江呀，……我至愛的，我只希望有個熟人伴你來便好，否則我在這條路上，比你更要生疏的呀！你路上最苦痛的就是寂寞吧，車票可以買到南京的連票的，浦口渡江可以省了照料行李的麻煩，或者我寫完了信，我去買幾本給你路上消消寂寞的書吧，或者你往北京的路上，也是要看看的。我最親愛的，你倘若有了定期了，你很確實地寫一封信給我。

我至愛的菊華，你不要爲我掛心，我祇期望着你底心緒安寧哪。你底心緒安寧了，你底願望圓滿了，我也快活了，我底願望也圓滿了！

唉，我又想起逸敏了。我想着你的時候，我同時便想着他，想着，我閉着眼睛，我彷彿遠遠地看見他，看見他勤兢地跑到學校裏去聽講，活潑地跑進教育部裏去辦公，他是怎樣的一個我們底現代化的有毅力的朋友呵！他底美麗的性熱，Goethe式的美麗的熱情，我親愛的，我讀到他給你的信的時候，使我怎樣地愛慕着他呵！我常常在冥想：我要和他通信，我第一封信就要如我給我哥哥的信一樣寫。我爲他，我到現在還恨那丟了他的無情女郎呢。至愛的，我想，或者，你寄他信的時候先告訴他：我們以後依年齡結爲兄弟姊妹好不好？但是我有些難爲情呢，他年紀一定比我更小，我就是照陽歷算也已經有二十四歲了哪。——或者不要說年紀，我們依長短吧。將來他或者也可到南京來，況且他故鄉又是安徽，常常可以來往來往。這不是很可實現的理想事情嗎？至愛的，你不要笑我是小孩子，決定如此吧。——你看好嗎？

紙又換了一張了，我們所談的話也換一換吧。

今天南方底天氣驟然更新了呢：我房間前面的一塊草場已經碧綠了；牆邊的小樹底枝頭看去重了些了；——美麗而可愛的生趣哪！我彷彿在南京第一次看到這樣的景像呢！

我底心神眞奇怪，我至愛的，你猜我寫到這是如何在想？——我一面想着春光是怎樣的可貴，一面却想着你來南京之後的我倆底快活：禮拜日的等待哪，並坐看花哪，齊聲念詩哪，一同出去買新書哪，……一面又想着我倆見面時底第一次握住手的不可思議的口口口！

愛，以前我對於自身的糊塗，頹廢，迷茫，煩悶，……你來了，我不知將怎樣地怎樣地刷新和努力呢！祝這可恨的不能見面的日子快快走！祝你身體特別保養！

愛！你信上不是說夜裏睡不着嗎？我有一個很好的方法呢。這方法是，一個朋友告訴我的，他說睡不着時祇要眼睛看着胸脯睡去就會睡着的。我試驗時常常有效呢，你也試試看吧。

……………

我愛：

你的來信爲甚有這樣多的濕痕哪？你不是右手寫着信，左手擦着眼淚嗎？——或者是你手上的汗吧？我的愛！我的淚和你合流着吧；我親熱地在吻你底信箋呢。你說「我願意到入土以後還是愁慮着的！」我的菊華，我的心肝！你怎麼說出那樣悲傷的話來呀！

我的愛，我讀了你的信，我的熱淚點點地滴在你的字蹟上了呢，漸漸浸開來，你的字也化了。至愛的，我看着那光景，我心裏很舒服呢。我的淚和你的字跡上的淚，親吻了，擁抱了，化了，再也分不開我的和你的了！我傷心地掛着眼淚笑了呢！

我的愛，我愛着你，我永遠愛着你，我像沙樂美愛着約翰地愛着你。我近來在夢中夢見你的時候，我狠心地抱着你，我的手臂好堅强而有力呀！我活像一個鬼似的！有一晚，我在夢中和你親吻，太顚狂而不自制地把你的舌頭咬下了，我驟然驚醒起來，幸而這是夢中的事呀！我的至愛呵！我想像着我和你再相見的時候，我要用我全生命的力，毫無忌憚地和你擁抱着的。萬一不幸而不得相見了，或者我先死了的時候，我要做一個有靈的僵屍，在黑夜裏到你的墓前來和你的嘴唇親吻。萬一更不幸，你先我死了，我要尋到你的墓頭，緊抱着你的枯骨交歡，緊捧着你的骷髏Kiss，直到我的嘴唇也冷了，永遠，永遠！無窮，無窮！

過去的你的美麗，你的恩愛，我沒有一刻不在深切切地追憶着，聊以安慰現在的苦悶。你當時相見時的含羞情態，現在還歷歷在目前呢，至愛的人兒，我們要向着無窮的未來企慕着前進，過去的追憶，祇有增進我們前進的力和速。至愛的呵！前進！前進！我抱着你在鐵路上去情死也願意的呀！別辜負了一人一生只有一個青春！

我不願意離開南京，南京是我的樂土，南京是我的第二故鄉，南京是我這樣流落無告者的僑居國，南京有我描寫不盡的六朝風景。你說，「願意來南京任事，只是北方的多情的逸緻，把我的心兒牽着了。」至愛的，此地的事情我決計爲你留着。你遲來或早來都不要緊。我去爲你代課，於學生也無妨害。到北方去，或者到南方來，全由你自己選擇決定。我愛的，從你離開南京以後，幾年以來，我祇是讀著聖經或托爾斯泰戲曲集來壓制我的烈火的情熱，烈火的煩惱，烈火的顛狂！……

我至心愛的：

前兩日寄你的信和一捲書都已收到了嗎？

你千萬不要爲了我和逸敏兩人之愛而不安寧。我決不因逸敏愛你而起嫉妬，而起不安，而起狹隘的心意。那些都只有使你不快，使你有害，「愛是不加害於人的」，我確守着這先知者定了的愛的律法。「你們願意人怎樣待你們，你們也要怎樣待人。」我對於逸敏毫無恨意。我勇敢地實行着我的信條。你的廣大的同情的理想，也勇敢地實行着就是。理想，理想只要不是虛無飄渺的理想，有我們的剛强的心的力去做，是沒有不實現的，沒有失敗的理由。

我的與寂寞決鬥着的四年來的伙伴的愛妹呀！我確信，眞正的愛裡面，祇有成功，沒有犧牲和失敗。除非自己根本不愛人的人，總有犧牲和失敗。但這犧牲和失敗，已經不是爲愛而犧牲而失敗了。逸敏的「性命交給了你」的話，也無須掛心；現在他旣爲你的廣大的愛表同情了，可以更無須掛心了。我願你，愛，你以爲怎樣可以使你快活，你就怎樣做去就是。凡是眞心愛你的人，决不會强愛人之愛而使之苦痛的。將來敢瑞或逸敏兩人中有違背了愛的本旨的時候，你就可以知道誰是不愛你了。

……………………

我最親愛的，你住在家中的乾燥生活，我也十分明白了的。我想着你的時候，我的心也同你一樣地乾燥着呢。一方面又想到自己的沒方法來安慰，只是無端地憤恨自己。你是從來不肯老實地將你自己的苦痛告訴給人，使人也來擔受的。你這樣的偉大的心情，我在暗中常常引爲修養的模範啦！

你說要來南京，你的牀鋪已經爲你設備好了。但是，我愛，我很記罣着呢。你的身體近日不知怎麼樣？你的媽媽爲你底身體不好，肯不肯讓你來？呵，種種不能使我細想的遠方的情境呀！……倘若因爲北京路近，你的媽媽放心，北京找得着事，肯讓你去的時候，那麼你就不必强要到南方來，反使你的媽媽不安心。我的妹妹，我的心愛的！

愛，這信寫好，忽然想起你前次信中「恕我……不曾答復你」的話來了。你爲什麼那樣客氣哪？我要哭了呢。難道我會誤解你責備你的嗎？你只要好好地養養你的心神，我就十分快活了！你下回要那樣說，我要把你的小嘴抈住了哪！

在上面啟瑞的幾封信裡，我發見啟瑞的高潔的心懷，熱烈的情感，樸實的人格。只有偉大的啟瑞，纔配得上偉大的菊華。在他倆兒之前，我感覺自己的渺小，偏狹，污穢。

假如我不捲入旋渦，啟瑞和菊華，豈不是天生的一對；假如我不捲入旋渦，菊華一心到南京去，豈不是無掛無慮。只爲了我的捲入旋渦，弄得菊華心掛兩頭，弄得啟瑞相思難就。主呵，我的罪是不可赦的，我願意釘在十字架上！

天色漸漸明了，推開窗兒一望，愁雲佔滿了天空，雨水從窗外不住的打進來，幾乎打得我渾身是濕。在愁雲的底下，天空的高際，有三五小鳥，從南方急急地飛到西方。簷前的槐枝上，烏鴉一聲聲的啼着，似訴牠的心頭痛苦。蕭條的庭院裡，人們都未曾起來，只有孤單而凄涼的我，抬起頭兒凝望。

大雨不止，我愛的菊華大約沒有來此的希望了。把桌上一堆堆的書籍都推開，伸出紙來，想寫些什麼，——無數的心思，都被窗外一滴滴的雨點打碎了。只是一個字也寫不下去！

「梧桐樹，三更雨，不道離愁正苦。一葉葉，一聲聲，空堦滴到明。」

我只能低吟着上面凄切的句子，聊以自遣。呵，我又要抽咽了！

「喂，討厭的雨，今天我不能來了！」

「唔，……」

「喂，我叔叔的事已了，後天早上他要走了。」

「你也一同走了麼？」我急了。

「我只好一同走……」

「唉！………」

「我明兒一早就來，再談罷……」

接完電話回來，我只能躺在牀上顫顫地哭了。

四月二十三日

（四）

一夜何曾睡穩！早起，覺得頭昏，跑到門前一望：幾個小孩，赤着大腿和雙脚，在路上的積水裡遊戲，臉上顯出憔悴的黃色。一個老年人推着賣黃瓜的車子，緩緩走過，背曲如駱駝，從縐紋滿面的臉龐裡，看得出半生辛苦的表記。三個穿着短衣的中年男人，一個提着鳥籠，兩個含着香烟，悠悠地並列走着。對門的剪刀鋪門口，站着幾個中年婦人，有的抱着孩子，有的手中拿着掃箒，有的只是瞪着眼兒望着街上的行人。

呵，這就是我所住的地獄世界，然而我在盼望我的Beatrice的快快到來！

「明天一早要走了，怎麼好？」她的美麗的慧眼望着我，似母親望着小孩的神氣，

我一時說不出什麼話來，只注視着她今天身上穿的美麗的桃色的衣裳。

「你不要傷心。我要到南京去，我一定使啓瑞設法，將來你也可

到南京去。

「我是不會丟掉你的。別離，只不過是短時期的別離。

「我希望我們三人能戀愛到底！萬一，不幸失敗，也就大家一塊失敗！」

啟瑞的信你還沒有看見罷？他待你很好。他願意我們三人結爲兄弟姊妹……」

「我已經看見過了？……」我說。

『幾時看過了？……」她笑了。

「前夜……討厭的下雨的一夜……」

「我知道你要忙着看的。」她携着我的手，我就把她抱在我的身上。

我看見她胸前的紅色突起的顫動，我的心從憂愁裡轉到肉慾上來了。假如身上坐的是秀芳，呵，我一定要伸出手去，她又要含羞含嗔地叫：「癢——癢呀！」那是何等迷人的聲音呢？我想。

「我從前愛着啟瑞的時節，我只望把討厭的舊式婚約退了，一心一意的嫁他。

「可是討厭的婚約到如今還沒有退！

「愛了你，怪的，寶寶。愛了你以後，我忽然想到，我只能永遠不嫁了……」

「你永遠住在家裡嗎？」我急了，問。

「不是呀，寶寶，我只望我們三人住在一起，像夫妻般的朋友。經濟各人獨立。」

「對呀！我前晚也想着，你的偉大的理想是對的。而且世界上的制度完全錯了！」我樂得叫了起來。

「這個辦法，歐瑞是一定贊成的，我想，你也贊成罷。」

「贊成……」

「只是我還害怕，我害怕……一件事……」

「什麼？……」

「一件事？……」她的臉羞得紅得同她的衣服的顏色一般，說，「只是將來萬一……」

「萬一……什麼？說呀！」我把她抱得更緊了。

「萬一有了孩子呢？……」

「有孩子，大家的。」我大笑的說出來。

「也許不會，我想。我的身體不好。我知道我何時死呀，像這樣常常病的。……」

「不許說死……」我用手把她的口兒閉了一會。

「死，不許說，誰不死的？我想，一個人能眞正戀愛一日，就算永生。

「我只望我至多活到四十歲。過了四十歲，大家都老了，就沒有味了。

「我又希望我們三人一同死……」她說。

「那只有一同自殺！活到四十歲，是的。我也想，一個人到老了眞可憐。」我嚴肅地說。

「老比死更可憐！」她說，乘手指着牆上掛着的秀芳的半身照片，說：「這是丟了你的戀人麼？」

「是的。」

「怪可愛呀！」

「她已經同旁的一個男子訂婚了。」

「我想，結婚的制度不打破，戀愛總不能美滿。她還不是爲了要同旁的男子訂婚，所以纔把你丟的？不能怪她，只能怪社會制度。」

「我並不怪她。」

「我知道。」她說，臉兒望望我，眉頭忽然蹙起來，「只是，寶寶，我忽然想起，你的家裡怎樣？爺爺媽媽都好麼？」

憂愁又襲到我的身上了，我說：「我有一個大家庭，爺爺，媽媽，弟弟，祖母……」

「都好麼？有沒有祖父？」

「呵，何揣想起！就在我戀着秀芳最烈的前年，祖父病死了。祖父病重的時節，一信二信來催我回家，接着是一次二次的電報……」眼淚流到我的臉上了。

「不要哭，說罷，你當然回家了？好人！」她用手帕揩乾我的眼淚。」「回家，我竟沒有回去。我戀着秀芳呢。後來我的祖父就在想望孫兒的病榻上死去了。

「祖父死後，爺爺寫信來說：祖父臨死時還」，「我的大孫逸敏來了麼？」這時他的眼珠已經變亂了，全是白色。爺爺騙他說：「逸敏就在牀前呀！」他把眼皮一翻，後來就沒有氣了……祖父死後，我常常夢着他，夢見他正言厲色地教訓我，却記不清說些什麼。我醒來便恨自己，恨不得把自己的身體扯成粉碎！」我的傷心的眼淚怎樣止得住呢，牠又自由滾了許多下來，滾在菊華的美麗的衣服上了。

菊華的眼皮一紅，也現出要哭的樣子，說：「你以後回家去過沒有？」

「沒有，一直沒有回家去。媽媽想我，常常想成病。祖母也寫信來說：「我也上了七十歲的人，不久要死了。你回家一次罷，給我看看，免得我同你祖父一般，臨死時受苦。」父親寫信來催我，我只是敷衍他，春天說是夏天回家，到了夏天又說有事，要等來年春天……總是敷衍，敷衍，一直不肯回去。

「你爲什麼老是不同家呢？」

「何消說——自然是爲了戀愛，起初爲了秀芳，現在又爲了可愛的你呀！」

菊華哭起來了，她說：「寶寶，你總該回家一次。」

「要是捨不得家庭，可愛的，我們三人的理想還能達到麼？」我的心兒一轉了，我問。

「唔……」她暫時呆住了。

「我也想：我們不創造新家庭很容易，我們要丟掉舊家庭眞是很難呀！」我說。

「你明早准我去送你麼？」

「不必……」

她走了，在朦朧的暮色中我望見的只有她的桃色的衣裳。

四月二十四日

紅迹

一月三日

新年過去兩天了。

早上，我梳洗後不住的披閱他的字條，昨晚他沒有來喫飯，我想他呢。

「寶貝，我困倦了，所以跑回來了。在路上買了兩塊麵包，當今晚晚餐。跑來跑去太累了，今晚懶得來了。望你多吃飯，早些睡。

我實在看不慣太太們的假樣！哈哈！」

我那些嫂嫂們——太太們的花言巧語，怪不得我的親愛的看不慣啦！我眞恨她們，老是踏到我的門裡來！

爲了那些「假樣」的太太們在這裡多坐，我愛的他「看不慣」，便匆匆忙忙地走了。也許他今天心中還留着昨天的餘恨吧？但是，我心裡難過啦。我想，這些時親愛的他精神時常疲倦，面色還是那樣靑白，眞叫我十分擔心呀！我眞想把我鮮紅的血塗在他臉上纔好。

他來了，好容易將他說笑了。我低頭寫我的信，他貼在我的身旁坐着看書。我偶然投下筆，回轉臉來，他又擁抱着我了。我伸出舌尖舐他的嘴，他臉上的鬍鬚便好像刺一般的釘在我的舌頭上。

午飯後，他閉着眼躺在藤椅上休息了。我高興地讀着稼軒的詞。呀，他那能離開我一會兒！他張開眼，伸出手來招招我：「你來！你来不來呀？」我只顧讀詞，假裝不去理他。他忍不住了，「你不來，我來了！」他起來將我抱在他的身上，我們倆偎倚着同讀詞，直到兩點鐘他纔走。

一月四日

只要我多伸幾次舌頭，其實不必一定伸到他的嘴裡，他便得意地說我淫了。我眞不服氣，我對他淫有什麼要緊？他引誘我，還不許我淫嗎？哈，哈，哈！他淫極了！他……………

我覺得一天除到學校去上課以外，許多時間，全充滿了擁抱，吻着的事情了。眞的，世界上除了擁抱，吻着以外還有什麼快樂的事？然而今天我的帽子也織成了大半。哼！明天有新帽子戴了！

一月五日

今天簡直沒有看書，做了半天的苦工，在樓頭。因爲絨繩不够，便出去跑了一趟絨綫胡同，花了一元多錢，而且是借光了他的包車。

我覺得織絨繩很有趣味，所以一氣便將帽子織成了。然而織久了，弄得腰痛背脹。原來像我這樣腹中有病，身體衰弱的人，是不宜於做苦工的。

帽子織成了，戴在頭上，不肯摘下來。我的確還是小孩子，歡喜穿新衣，戴新帽。

我想起小時候的一件可笑的事情來了。髣髴是新年，我穿了鮮紅的新衣，戴着新帽，便到處顯給人瞧，得意過了勁兒，不知不覺地跌在泥裡了。回來髣髴不僅挨了母親的罵，而且髣髴挨了打吧。

但是如今母親不在身邊了。我戴着新帽，對着鏡子只是瞧，他說：「還不摘下來麼？」我究竟是一個懂事的孩子了，所以便不好意思地摘了下來。

一月六日

到學校裡去上了兩點鐘課，出了一個作文的題目，「記我的家庭狀況。」

我同他們講了許多的作文的方法。然而他們怕的是作文，於是有的便說：「這個題目我們做過了。」我猜透他們的狡猾了，我說：「就是做過了，再做一次也不要緊。」

他們沒有法子，於是都低下頭來作文，全堂頓然肅靜。有的低頭在想，有的拿起筆來在寫了。一個頑皮的學生忽然說：「家庭裡有wife，有『黑漆板橙』，有……………」說到這裡，旁邊一個頑皮學生從坐位走下來，伸出兩手落地，弓着背，說：「這就是『黑漆板橙』的四條腿子，我們將來都是預備給人家坐的。」於是全堂學生都大笑起來。

我也忍不住地笑了。

在別人看來，也許以為學生的舉動是蔑視我吧。然而我覺得他們的舉動，的確也很「幽默」，而且天眞活潑，全是內心的自由表現，於我是毫無關係的。

我說：「別鬧玩笑了，作文吧！要鬧，下堂再鬧吧！」

他今天精神又不很好。我因上課受了涼，腹中作脹，心頭作惡，一直到睡時還不舒適。

一月七日

醒時便覺得精神恍惚，心中作嘔，這還是昨天上課受涼的餘禍呢。我不管牠，便起了身來。

呵，討厭的北方的狂風呵，使我厭惡一切。我每逢狂風便摑得作事，便作事也毫無條理，毫無心緒。

桌上是飛滿了灰塵，書上也披了一層塵土。呀，橫豎身體又不舒服，我也懶得看書了。

下午，上課的時間到了，我覺得懶洋洋地，還是在家「苟且偸安」一好。我於是叫孟媽去打一個電話給學校，說我不去上課了。然而我想到許多學生正在等我，心裡又十分不安起來。

他，親愛的，飯後懶懶地在椅上躺着，只是不肯走。也許是精神不佳，也許是怕狂風吧？我因爲他辦公時間到了，便匆匆地將他催走了。這是我第二次的心中不安。我眞覺得人兒十分難作，心兒十分難安呀！

一月八日

隔院一家的老太太死掉了，在昨兒晚上。

他們門口預備了的車馬，——紙糊的馬車，都燒成灰了，大約是當這位老太太快要斷氣的時候。

我也懶得去追究這些迷信的舉動，但是老媽子們說，「人死掉，同陽間一樣，馬車是非坐不可的。」我想：這位老太太生前，沒有坐過馬車；如今死掉了，也許是發了財了，所以更要闊氣些。

不知怎的，今天他們院子裡又來了許多和尚念經了。眞是晦氣！害得我們院裡的人多跑了好幾趟樓梯！我只怕我的飯要煮焦了，幸而孟媽還留心，沒有爲了看熱鬧而忘記了他的職務。

親愛的，他今天頑皮極了，時時伸進手去——摸上，摸下，我渾身都癢透了！他終想在我這裡樂一刻好一刻，但是，不是爲了他的工作，我怎樣肯放他走呢。

他回去了，我又覺得無聊得很。

一月九日

我眞恨透了！爲什麽他們老是來敷衍我呢？

我已經觀察出來，這種名義上的哥嫂，對於我是不懷好意的。每次來只是要吃要拿，帶了許多頑皮的孩子來攪擾一陣。有時竟同老鼠一般的開東窺西，我眞像受人監視一般的難過。人對人何以這樣不知禮呢？

我寧願孤獨，不願意有這樣的人們來看我。

今天他們又來了一大批，擾了一陣。最可笑的是他們口口聲聲地叫窮。他們那裡窮，不過是怕我要借錢吧。其實，我連自己父母的錢也不願要；人們儘可以放心，我不是乞丐，決不願張開手向人們乞討，看人們的臉色的。

世界上竟有為了錢而苦悶而低首下心的人；其實，依我看來，貧窮倒是一種很藝術的生活。

我們鄰居的密司呂，近來家中的錢久不寄來，終日苦悶。時而臥，時而哭，為了金錢而晨昏顛倒，坐臥不寧。

我同她做鄰居已近半年了，雖然彼此思想不同，感情倒也不算泛泛了。

她的母親早死了，母親死時，兩個妹子年紀都很小。她的母親將死以前，告訴她說：「你一定要將兩個妹子，教養成人，然後纔進行自己的婚姻問題。」

她牢記着她母親的遺言，自己在中學畢業以後，便專門管兩個妹子的事，現在兩個妹子都已經在高等小學讀書了，她自己孤零零地，我不知她今年多少年紀，但從她的臉上的斑紋看來，年紀也大約不很少了罷，然而她的確沒有合式的情人，她依舊是一個凜若冰霜的處女。

她的思想還脫不了東方的傳統觀念，不過她這種自己犧牲的精神是值得崇拜與敬服的。

中國的家庭多半是一幕滑稽的慘劇，兄弟姊妹時常爲了財產和利益而互相水火。——至若我那些哥嫂，常然還不能混爲一談，因爲他們是隔房的骨肉了，他們最怕的是我要沾他們的光，怕我開口借錢。

我從密司呂的談話中，知道她的家庭近況：父親遠在江南謀生，在她的母親死後兩年，便娶了「塡房」了。自從有了後母以後，父親對她們的感情，便漸漸淡薄了，音信漸漸稀少，銀錢也不常寄來了。可憐她和她的兩個妹子，因在北京，每天白粥度日，借錢餬口。兩個妹子又不能不讀書，每月至省至儉，油鹽柴米書籍，非四五十元不能混過去。

去年的秋天，她覺得忍無可忍了，於是在同鄉處借了盤費，回到江南，同她的父親和後母大鬧了一次，結果是她父親仍答應供給她們的每年用費，她總算勝利地回到北京。

然而經過這次吵鬧以後，她父親及後母對他們的感情，似乎更壞了。今年下半年簡直一個錢也沒有寄來。去了好多次的快信，竟連一封回信也沒有！

今天她來對我說：寄到江南去的信又退回來了，據說他們已經搬了家了！

這眞使我感覺人生的冷酷。自己親生的父親尙且這樣靠不住，世界可以依賴的，除却自己，還有誰呢？

她今天也很了解地說：「我再也犯不着哭泣了！」

這慘痛的從心頭迸出的傷心的話，引起我無限的同情和傷感，我鼓勵地說：「做人應該這樣！」

貧窮不僅是一種很藝術的生活；貧窮能使我們眞實地了解人生，了解爲一般破口亂談的哲學家所夢想不到的眞理。

一月十日

◎早上，聽見隔院傳來的凄切的音樂聲，躲在被裡貪戀傾聽，懶得起來。

這髣髴是隔院老太太出喪的音樂吧？凄切的音樂聲，夾着嘈雜的人聲，愈聽愈近了，我便挽了頭髮，走到窗口去看熱鬧，但寒切切的涼風，又吹得我把窗門關上。

興奮而緊張的心兒，無論如何也不能安靜下來的。呀，北方人家的出喪，是怎樣「幽默」的一件事情呀！一對對穿綠戴紅的人兒，拿着旗傘，吶喊前來，這髣髴是江南人家的喜事情景。我躲在窗門裏面偸望，望到人兒一排排的走盡，望到棺材兒也抬了過去，這纔意興索然的回去梳洗。

事後閒思，自笑原來還是一個小孩兒的心情。

薛慧文來邀我到女高師去聽音樂，她說女高師今晚舉行音樂會。我因爲她的盛情難却，所以便匆匆換了衣服，隨着她去。

我們去的太早了，會塲中一個人也沒有，我們轉了幾個灣，到寢室裏去找着小謝，哈，她今天打扮得花枝招展地！臉兒擦得雪白，唇兒塗得通紅！

我們上天下地的談了許多時，天色漸漸黯淡下來，我的心中便轆轤般的輾轉了：「他現在也許要回去吃飯了？孟媽說是晚上要回家，不知走了沒有？我忘記告訴她等他了！我又忘記留個字條給他！呵，眞是走得太匆匆！他回去找不着人，一定又要生氣了！」想到這裡，我眞想離開她們回來。然而我又怕她們看出我的心事，一定又要拿我在取笑了。她們又怎樣肯讓我先走呢！沒有法子，我只得坐在那裡等音樂會開幕。

好容易到了七點半鐘，那討厭的音樂會纔眞眞開幕了。我們三人來會場前頭一角坐下。這時節會場裡已經坐滿了老，少，男，女的人們。我偶然回頭一望，在後兩排東邊坐位上一個胖女孩對我微笑地點了一點頭，我仔細一看，纔知道那點頭的是他教過的女學生，我倒有些不好意思起來。

好鬧熱的音樂會！古琴奏過了有鋼琴，鋼琴奏過了有提琴；有合唱，有單唱；有京調，有崑曲。每一套音樂過了之後，那拍掌聲便如大砲般的雜響起來。我心中本不在音樂，這時更覺得十分厭惡了。我於是對辟和小謝說：「我髣髴頭昏，要先走了。」「不是頭昏，家裏有人等吧。」小謝頑笑地說，薛也笑了起來。

我就在她們笑謔的空氣中逃出了，外面晚風拂面生寒，如鈎明月在天斜掛。我心中只是疑惑着：他這時節已經回去了？還是坐在那裡等我呢？坐上了洋車，只願車夫快走，我的心拍拍地跳得很利害。

到家，走進房一看，知道他已經走了，棹上還留着他的字條：

「我回來，老媽子已經走了，小姐又沒有回來。粥在鍋裡沒有人吃。沒有菜，我又不會自己動手。只好走了，到外面吃去。」

我的心像鉛塊一般地沉重得墮下來了，我走到西院去，問問密司呂的張媽，纔知道孟媽當我走後不久便回家去了。這應該怪誰呢？我脫下衣服，躺在牀上睡下，我的心跳躍得如受傷之蛙似的。不知道什麼時候纔可以睡着，我的心纔可以不跳了。

一月十一日

我打定主意起早去看他一趟，——因爲我覺得我不應該爲了自己的娛樂，使他感受着不快的。可愛的人兒，不知道現在氣得怎樣了！哈，他那裏料得到我起這樣早去看他呢！他正蓋着被躺在牀上，不曾起來。我便騎在他的身上，給了他一刻鐘的擁抱。

當我的嘴貼在他的臉上時節，他嫣然地笑了。我說：「你生氣了麼，寶貝？」「沒有……」接着我便告訴了他昨晚音樂會的情景。

我看看手錶，已經到了上課的時間了，我便起身要走。然而他，他那裏肯放我走啦！他緊緊的抱着我，說：「你不要去上課了。」「那怎樣做得到呢！不上課，要扣薪水。」我讓他的手在我的懷中多摸了一會，終於決心地站起來走了。

我到學校裏纔知道上課鈴已經搖過了二十分鐘，幸而學生們都還沒有走。

我知道他今晚要來晚餐，教書回來，便在路上買了些肉，又買了些春捲皮，因爲我知道他歡喜吃春捲的。

我回到家中，孟媽也已經回來煮好了飯了。我一個人隨便用了午餐以後，便忙着包春捲，包好了又去炸，一盤盤的打點好，只等着親愛的他回來享用。

我爲了他的嗜好，是常常擔心着的。我覺得他身體太弱了，臉上太瘦了，只希望他多吃些飯，好慢慢地胖起來。我時常隨着他的胃口，變換菜蔬的樣子；我不大喜歡吃肉，吃雞蛋，爲了他的緣故，厨房中肉和雞蛋是常常預備着的。我又怕老媽子做菜不細心，鹹淡或者不配味，所以只要他在這裏吃飯的時節，總是忙着自己下廚房。我的孟媽常常笑着說：『佮俐的小姐！又會敎書，又會做菜！』

但是棹上的鐘越走越快了，天色也漸漸黯淡下來。我心中疑惑着：他的工作應該完了，爲什麼還不來呢？我正一個人躺在椅上凝想的時節，孟媽交來他飭人送來的簡單的信：

「寶寶，我又不舒服了。大約是早上出門衣服穿少了的緣故。身上有點發熱，頭也有點昏，我今晚不來吃飯了。我想早點睡。我想你呀，寶寶！」

我看完了信，眼睜睜地看着棹上擺着一盤盤的春捲，黃色的炸就的春捲，心兒慌亂起來了。親愛的人兒，他身體太弱了，經不起風吹日晒。老天偏是這般胡鬧！夏天的烈日，冬天的狂風，我有什麼法子趕掉牠們呢？我趕得掉牠們，我愛的人兒也省得受她們的許多折磨了呀！

我今晚也想早睡，不知道能否睡得着。

一月十二日

我一早起來，去買了許多東西，這都是他平常所愛吃的。我到了他那裏，他已經不發熱而且很好了，他坐在椅上看書，嘴裏嚼着蛋捲兒，我快慰極了，趕上前去給了他一個吻。

他說今天不去工作，已經打了電話去請假了。我因爲今天天氣清和，外面沒有風，便拉了他回到我的家裡養養。

哈，他那裡肯休息一會兒！他躺在藤椅，要我坐在他的旁邊。他伸出手來，一會從我的袖裏伸到懷中，一會又伸到我的裙下。我說：「病了，還不省事些！」「我愛你，愛你身上的三寶。」他說。「什麼？——三寶？」我說。「三寶，一是嘴，二是乳，三是——」他說着，用手指着我的裙下。「討厭，讓我搥你！」我打了他一下，他又閉起眼來裝睡着了。

他今天大半天在我這裏休息。爲了他的不舒服，我只好讓他放蕩一些吧。橫豎我的身體總是他的。

一月十三日

翻翻日歷，知道陰歷過年就在眼前了。

我小的時候，覺得過年是很有趣味的，穿穿新衣，吃吃糖果，在母親的旁邊撒撒嬌。一年年的長大起來了，過年的興味便一年年的減少。况且在現在兩重生活的中國，過了陽歷年，又過陰歷年，眞是麻煩極了！

我常說：中國人過舊年，只是爲了錢：有錢的，花錢；沒有錢的，找錢；有債的，討債；欠債的，躲債。家家爲了錢忙，人人爲了錢急，這眞是何苦來呵！

今天米舖煤舖多來要錢了，因爲手中的錢不夠還淸，便打發他們走了。

自從不甘寄人籬下的生活，搬出來獨居以後，幾月以來，夾七夾八的，不知道花了多少錢了。

我總是十分節省的。平常不肯出去遊玩，應添的衣服，多不敢添；因爲怕銀錢亂用的緣故，上街的時候很少。

然而有什麼法子呢？我掙得的錢確是太少了，我每月教書所得的薪金，竟不能維持我自己，我仍舊是一個寄生者，這還有什麼話可說呢？

他，我愛的人，好比一條牛，爲他的愛人而耕種，凄風苦雨，他的精神疲乏得不堪了，然而他絲毫沒有怨言。

他的身體現在竟因勤勞過度而多病，這是十分使我傷心的，我有時清夜想起，總不免要流下淚來。

下午，他躺在椅上休息。我偶然取出一幅油畫，我從前的他，達士盡的法國公園。他躺在椅上仔細看了一刻，讚美達士盡得好，並且笑着說：「這是你愛人畫的，應該珍重些！」

我可巧打了一個呵欠，他便轉過臉來說：「多情的人兒又要流淚了？」

我想：我的罪惡是不容許我的眼角不常垂淚痕的。然而今天，他的精神還沒有恢復，我怎樣敢忍心的流淚，使他的心裏不舒服呢？

他把我抱在他的身上，說：「愛情全憑信箋來往是不行的，——黑字寫在白紙上究竟是空的呵！那有臉貼着臉，嘴親着嘴，心靠着心，腿壓着腿之能夠了解一切呵！」

他的話眞不錯！我和達士，做了四年的戀人，信扎上是寫得很親密的，然而見面的機會很少，彼此的脾氣不能了解，一見面便索然寡味。達士也終於失敗了！

可憐達士却始終戀着我，他到最近知道我已經另外有了戀人了，他在遙遠的南方，還是苦苦的夢想着我，一個女朋友也不肯交際。他來信上屢屢說是要獨身一生了。可憐的青年呵，我對不住你！

回憶不過添人愁恨吧！我想着達士，想着我不曾見過面的達士的老母親。達士的家中，什麼人都沒有了，只有一個白髮的老母親。以前達士從家中來信，上面曾說起：「我的母親，戴上眼鏡，跑到我的房中來瞧你的照片，一天要來瞧三四次，有時竟瞧得眼中老淚直流下來。」唉！現在我覺得「老淚直流下來」一句話竟成了不幸而可憐的讖語！

我記掛那不曾見過面的老年人，讓我祝福她健康吧。爲了她，我夢中時常咀呪自己。

唉！有什麼可寫下去的，不如停止也罷！

一月十四日

惠風和拂的天氣，太陽格外和暖而且可愛了。我的興趣還好，躺在椅上讀了幾首東坡的詞，又咀嚼了幾個紅棗，——這是他昨天吃了剩下的東西，味兒特美！

飯後覺得沉悶，天氣這樣好，我不該辜負牠，還是出去飄蕩一下吧。呵，說錯了，我不應該說出外飄蕩，不讓他知道的跑了出去，他又要怎樣不爽快了吧。我還是等在家裡吧，我的脚却不由的走到密司呂房中去。

呂和她的兩個妹妹正在吃飯，我瞧着她們正咽着白粥，心中便異常難受。她的兩個妹妹很伶俐，還很開心似的喜笑。我和呂談了一刻。呂說：「家中到年不寄錢來，只好把兩個妹子送回家去。」說着，我望望那兩個伶俐的少女，臉上都一時現出愁容。像花朵初開的嫩芽般的心，如何擱得上那樣重大的憂愁呢？然而呂的苦困艱難也够嘗了，我要想說句話來勸她，想了半天，也不知說什麼話好！

他的精神好些了，我也覺得快樂些。他剃了頭，把臉兒刮得光光的，對着鏡子瞧了又瞧，眞使我好笑！

晚上，他又躺在牀上不肯走了。我看見桌上的鐘己到了十點，於是催他說：「寶寶，應該走了。」他只是裝睡，閉着眼睛不理我。後來被我纏不過，於是朦朧的坐起來，似嗔非嗔地說：「你只是胆小！」我說：「我不是胆小，你也不想想我的病——」他終於沒奈何地含怒走了。

一月十五日

昨夜醒來的時節，忽然想起小學裏的同學陳麗青來了。麗青和我在小學時候，是一刻不能離的。我們倆兒年紀都很小，而且，臉兒也都美麗，衣服也都時新，能使教員們歡喜。她同我，上課時總坐在一條長橙上，我常常手兒捻着她的手，合看一冊課本。有一次，大約是夏天，她坐在位上，裙子翻起來，露出短褲外的雪白大腿，我雖然還是一個小孩呀，也看得心動起來，忍不住伸手去摸她，一面摸，一面低頭細看，不幸給上課的教員知道了，大聲喝道，「喂，上課，不要低着頭幹什麼！」這教員雖然不曾指明罵我，可是左右的同學都笑起來了，她也羞得臉兒通紅。我慚愧得哇的一聲，哭起來了，後來下課後，她拉我到學校後園，悄悄地說：「你歡喜摸，下課時摸摸吧。」說着，她撓起她的裙子，我的手又伸到他的褲子裏去了。……呵，她真美麗，她的瓜子臉，櫻桃嘴，皮膚雪白，現在想起，也還介人銷魂的。可惜那樣一個美麗的女郎，當我進中學那一年，就由父母作主，將他嫁出去了，她嫁後還不斷的和我通信，她的男人是一個公子派，沒有學問，性情也欠溫柔，所以她嫁後的生活，十分困苦。我時時寫信去安慰她，勸她忍耐，將來再想別法。去年秋天，她生了一個小孩，她有了小孩，心兒也漸漸樂觀起來；把全副精神去對付小孩，和我通信的次數也漸漸稀少了。最近兩月竟不曾有一封信來！

難道同性戀愛竟不能長久麼？

我由她想到現在的他，想到我和他的將來，使我簡直快樂得不想睡了。然而愁悶是快樂的影子，快樂來，愁悶也跟着來了。我身體是和愛情衝突的。假如我不好好的就醫，假如就醫而不動手術，不將病根拔去，那麼，就是結婚，也很危險的。我們固然不顧慮有沒有小孩子的事情。但假如小孩子竟從天上飛來，那有什麼法子呢？我的病不醫好，他的慾望究竟不能滿足哪！爲了他的前途，我總想勇敢地跑進醫院去割治去……

他吃完午飯，就在我的椅上睡着了，我替學生改了幾本卷子。他醒來，就摟着我坐在他的身上，呵，他越發放蕩了，他扯下我的褲子，他低頭親我的大腿，他的眼光直視我的……我說：「結婚也不過如是吧。」「不，結婚更有趣些！」他笑着說。我猜透他的「更有趣」了。哈，哈，哈！

一月十六日

他今天忽然想不包車了，因爲他上月的薪水，拿來沒有幾天，全給我支配盡了。

錢是不經用的東西！我天天省儉着，然而每月的錢還是不夠用。

中學校來了通知書，說下星期要放寒假了。我想寒假後花兩個星期的工夫，同到鄉間去望望母親。近年我們鄉間受那萬惡的八大爺的蹂躪也够了。父親前回來信說：我們花園裡因爲戰馬的踐踏，什麼花草都絕了跡了。池邊的幾顆老梅已經劈去當做柴燒，園中到處蔓延着馬糞。母親因爲丘八時常到家中翻箱倒篋，驚嚇得肝病常發，臉孔也比從前更瘦了。呵，那樣的故鄉，我怎樣敢去呢？然而爲了母親，我終應該同去看她一次！

我愛的，他眞是小孩子，我向她提起回家，他便：「嗡，嗡，嗡，不行！不行！」的叫起來。今天他又說：「你回家，叫我到那裏去吃飯呢？」「這又怪了，難道我沒有來以前，你一個人便不吃飯了嗎？」我說，他也忍不住的笑起來了。

一月十七日

「賸欲讀書已懶，只今多病長閒。聽風聽雨小窗眠，過了春光太半。往事數尋去鳥，銷愁難解連環！………」

這種淒切的愁調，我也懶得再讀下去了。爲了他今天一早跑來的盛怒，使我的閒愁拉開了往事的圍屏。

我的祖母是常常盛怒的，她盛怒的時節，棹上的杯器會動搖起來，叮叮噹噹地作響，有時杯器就在祖母的盛怒下，做了不幸的犧牲。房內的溫和空氣，會爲了祖母的盛怒而變成冰一般的清涼。母親在祖母的盛怒波濤裡顛覆的時節，只有柔順而艱苦地忍受着，將無限的忍痛順着淚波流到肚中去。

母親的臉上是永遠瘦削的，我離開母親以來，晚上常常夢見母親憔悴的模樣。

呵，我不堪想起從前祖母的情景！

母親是柔順而艱苦地過了半世的人了！

我是母親的一顆種子，但願柔順而艱苦地爲我愛的人擔當一切的盛怒！

在盛怒的脚底下像螞蟻一般的生或死，有什麽緊要呢？而況是自己的愛人，呀，自己的愛人呀！

然而苦命的愛人呵，你應該那樣的盛怒麽？

我的淚隨便流下了，不寫也罷！

一月十八日

昨晚睡眠不足，睜着眼睛躺在牀上想，想來想去，簡直把腦子全想空了：

他，我愛的人，平常是不易盛怒的。但爲了那不能自制的慾望，和我吵鬧也不止一次了。他那天晚上想躺在我這裏不肯走；他總喜歡伸手到我的褲裡去；他，呀，他總喜歡夾七夾八的和我說那樣的事。其實，我是了解他的心理的。而且，那樣的事又有什麼可以卑鄙呢？性慾原是同食慾一般的重要呀，我也知道。

只是我的可憐的命運，我的身體現在是不適宜發生那樣的事的。我的可恨的病呀，纏着我整整的五年了！我也看過很多的醫生，都說是非用手術不可的。用手術是危險的事情，我的老母親第一個先反對呀！我常想到這樣帶病生活，倒不如冒險去試一次。人誰不死，而且在痲醉的底下犧牲，就到最後一剎那，也非常舒服的吧。然而一想到世界上有我的許多牽掛，我的母親，我的愛人，我想到他們，我的心便如同棉花一般的柔軟了。

爲了他的幸福，我勇敢地去讓醫生宰割吧！

我終想在進醫院以前，回家去看母親一次。我的可憐而又慈愛的母親呵，假如讓她知道，她怎樣肯讓她的女兒去冒那樣的險呢？

我的心擱在躊躇的歧路上了。

他，我愛的人，也是不肯讓我去用手術的，他平常只希望醫生能保險，然而世上那有肯保險的醫生呢？

呵，我將如何是好？

他來了，他已經忘記了昨天的盛怒了，他說：「京津戰爭又起，火車斷絕了，你大約不能回家了罷。真好！我還得摸你肥嫩的乳，親你芬芳的嘴，你的潔白的肉兒，香艷的臉兒，永遠在我的懷抱裏哪！」

他眞不害羞，老是說出這樣不害羞的話來。我的心飛到戰地近旁的母親身上去了，我的可憐而又慈愛的母親呀！

一月十九日

我的柔弱的帶病的身體是不能受氣的，在家的時候，母親總小心地順從着我，有煩惱的事也瞞着不輕易讓我知道。自從離開母親以來，爲了住在名義上的哥哥們的家裡，不知受了多少閒氣，幸而舊病沒有復發，我便飄然地搬了出來。

我吃盡千辛萬苦，單獨居住，為了是自己的獨立，也就是他的快樂而且希望的呀！

前天早晨他的暴怒，是酷熱的暑天的大雷雨，我好像清水池中柔弱的蓮花，心兒給暴來的雷雨打得紛碎了。雖然雨過日出，他的臉兒仍可愛得如同雨後的朝陽。

前晚是一晚不曾睡眠，昨日下午精神便疲弱得不堪了，腹中積塊，也時常脹痛。那知道戰雲突起於京郊，而故鄉又迷漫在炮火的烟雲裡，從他口裡傳來的不幸的消息，更引起我無限的悲哀。

閉着眼兒便髣髴憔悴的母親站在我的身前了，撫摩自己的脹痛的腹皮，想着我和他將來的問題，呵，愛情最怕是因循！為了那討厭的病，把我們的好事，一直因循到了如今！

故鄉是暫時不能回去了，我還是勇敢地跑進醫院去讓醫生宰割吧！愛情就是犧牲，沒有犧牲，得不着愛情！

但是，錢呢？住醫院的費用，是何等浩大呀！陰歷年關近了，欠帳却沒有還淸楚。

我不能爲了我的病而給他以無限的經濟上的壓迫，我又不能爲了我的病而犧牲我和他美滿的愛情！神呀！你教我如何是好？

一夜爲躊躇的幻想所支配，陽光射進窗簾，我覺得胸中煩懣，便吐出了很多的痰，在牀前。

我沒有起身，孟媽便進房來拿米了，她突然地說：「小姐，怎樣痰裡有血？」說着，牠走近我的牀前。

我仲首望見地上痰中點點的鮮血，眼淚難堪地淌出了。這怎麼可讓他知道呢？我說：「孟媽，這不要緊的！拿箒來掃了牠！」

我的血是應該爲我愛的人而流的，我不願他知道我的苦心，直到我血枯淚盡！

鐘鳴十一下了，我便披衣起身。這是他要來的時候了，我不該使他知道我的不舒服而心中不快的。

我似飄在空中的黃葉，脚步也搖曳無力了，我躺在藤椅上，隨便看着小說消遣。

他笑嬉嬉的走進來，在額上吻了我一下，「說：寶貝，又看小說了啦！」他去脫大衣，經過我的牀前，忽然說：「這地上那裏來的紅迹？」

我心慌了，孟媽怎麼沒有揩淨呢？我吱唔的招招手對他說：

「寶貝，你來—你快來呀！」我的柔弱而帶病的身子又緊緊地抱在他的身上了。

第一個戀人

（一）

那一年，我大約是十六歲罷，因爲父親在古城開藥店，我便隨着父親，住在店裏。每天到古城後街的一個高小學校裏去讀書。高小學校裏的功課並不多，每天下午二時便沒有功課了。課餘後，我回到店中，照例是看看三國演義，或者隨着店中的夥計們，街前街後的去跑跑。店中一共有十六個夥計，其中有一個和我脾氣相合，情感最密的，叫做華桂。華桂是一個身材矮小，舉動敏捷的小夥計，那時年紀也不過十七八歲罷。面白而紅，梳着一根很粗的「流水辮」，整日的盤在頭上。

我那時好看三國演義。華桂不識字，但他少時聽他舅舅說過三國演義的，有幾段記得很熟。像什麽「諸葛亮三氣周瑜」哪，「八十三萬人馬下江南」哪，「火燒赤壁」哪，華桂是一開口便滔滔不絕的。只要父親不在櫃台上，我們倆便滔滔的談起來了：

「三國時誰最會打仗？」我問。

「我以爲是呂布，你呢？」他決然的說。

「我以爲是趙子龍。呂布不如趙子龍，因爲他終於給曹操殺却了。」

「那不能怪呂市，是貂蟬害了他！呵！貂蟬！迷人精！狐狸精！……貂蟬是狐狸精變的。」他憤然了。

狐狸精！呂布爲什麼還喜歡他？哼！」

「呵，因爲她是女子呵！女子是迷人的。那一對肥胖而突出的乳，像饅頭般的柔軟的乳呀！只要摸一摸，只要摸一摸……」華桂像瘋狂一般地跳起來。

我忍不住笑了，走近他的耳邊輕輕地問：「你摸過……沒有？」

「沒有！……但總得摸一摸。」

華桂和我是常常這樣胡扯的。但父親甚不喜華桂，以爲他太滑頭了，囑我不要和他親近。我那時對於父親的深奥的意見是不了解的。我相信華桂是我的最好的朋友；他老實，活潑，而且比旁的夥計不會躲懶。

古城是一小市鎮，鎮臨小河，可以通船。河的彼岸，有幾座小小的土山，雖無古木大樹，但山坡秀雅，春來時節，紅花青草，叢生滿山，倒影入河，風景也十分清麗。河中設小渡二，用渡往來行人，埠頭則以石砌成。古城婦女，卽三三五五，在那裏洗濯衣服，華桂常擕着店中的藥材，到埠頭上，臨流漂洗。我課餘的時節，有時也提着釣竿，隨着華桂，坐在離埠頭數十武的岸上釣魚。

不知從何時起，華桂忽然認識一個洗濯衣服的婦人了。我去釣魚，便看見華桂洗完藥材，總是不肯就走，同那婦人夾七夾八的閒談。遠遠望去，那婦人好像是什麽人家的女僕，面圓身健，雖是毫無裝飾，却也有幾分可愛。我懂得華桂的心思，只顧低頭釣魚，不忍過去催他。

但華桂後來竟愈弄愈糊塗了，有時他和那婦人竟一談兩點鐘不肯走。那一天，我因爲釣不着魚，肚子裏又十分饑餓，急於要回店晚餐，於是便生氣了：

「華桂！你不回去，我要走了。」

「哦……」華桂很驚慌的抬起頭來，望一望我，便匆匆地別了談話的婦人，拿起藥材，伴我走了。

在路上，華桂悄悄的告訴我說：「飛哥兒，你千萬不要告訴掌櫃的，今天……」

「嗡，」我笑了，「有味哪，談話！她叫什麼名字？」

「月娥，王家的女僕。哈哈，飛哥兒，她今天說起她們那裏李家少女，總眞美麗呢，簡直同貂蟬一般的美麗。」

「那有的話，同貂蟬一般的？」

「眞的，她這麼說。不相信，我們可以設法去瞧瞧。」

「我不要瞧……」我有點害羞了，但心裏却飄飄然起來，望着天邊一抹的鮮紅的燦爛的晚霞，晚霞中髣髴幻出一個美麗絕倫的少女，婷婷娜娜地望着我微笑。臉上也不自覺的發起燒來。

（二）

從那天起，我的怯弱的心中便起了一層意外的波瀾了，無論是吃飯，睡覺，或是入學校的時候。

「我總得瞧一瞧……」

其實爲什麼要瞧？瞧了又有什麼目的？連我自己也十分茫然。純潔而幼稚的心已陷入戀之煩惱裡了。在人生的旅路上走着的朋友，有誰不曾喝過一句戀之苦汁呢？然而我未免喝得太早。

但我對於華桂•却不肯明白地將心事說出來。我只是對於華桂比以前更親密了，而且當華桂下河洗藥材的時候，我總是提着釣竿悄悄跟去。父親似乎很不滿意，曾罵了我兩次，囑我不要隨着華桂外出。但我那時對於父親的譴責，似乎毫不在意。仍舊是提着釣竿，課畢便悄悄出門。

我漸漸和華桂的戀人也弄熟了，她的確是一個有說有笑的好婦人。據華桂告訴我，她十六歲便嫁給一個鄉人爲婦，因爲丈夫好賭博，把家中的田地賣盡當光了，她只得到古城來當傭婦，現在一月拿人家兩元的薪水。那賭博的丈夫，還時時來纏她，一月至少要纏去幾吊銅子，有時竟連兩元薪水，完全纏去。

那一天，當晚霞映在對岸的山頂上的時節，我和華桂又在埠頭上等着月娥了，因爲華桂和月娥約定，今日來埠頭的時間比較稍遲的。華桂似乎等得很着急。時常抬起頭來探望；我的心中却仍舊爲那沒見面的少女所苦。究竟那個少女怎樣美麗呢？如何告訴月娥，叫他領我們去瞧瞧？這句話又如何說得出口？我愈想愈糊塗了，但結論是這樣——

「我總得瞧一瞧……」

天色漸漸昏黑了，埠頭上已經沒有行人。河中停泊二三小舟，遠遠地射出星星的燈火，正似水面的飄泊的流螢。在靜穆而寂寞的時間裏，華桂忽然站起來說：「來了麼？」

「來了，等急了罷。」月娥從黑暗中走近前來，手中提着籃子。

「等急了，飛哥兒也在這裏。」

「呀，對不起，累得飛哥兒也久等。」月娥笑着拍拍我的肩。

「那有的話，橫豎我晚上總是玩。」我謙恭地說。

「飛哥兒想瞧瞧賽貂蟬，哈，哈，哈！」華桂瘋起來了，拉着月娥的手。

「呸！瞎說！」我急了。在華桂的背上搥了一下。

「李家的少女麼？哦，眞美麗？」

「你帶我們瞧瞧！」華桂懇求地說。

「可惜她不容易出門，一年出門不過幾次。」

「爲什麼呢？」華桂問。

「因爲她的父親不在家。她父親到杭州做什麼局長去了，在外面娶了姨太太，所以一連八年不回家。她們母女兩人，苦守在家裏，靠着取租，吃用也够了，但心中總不快活。」

我從無聊的幻想裏產出空虛的同情了，從同情裏又感着悲哀，亦子之心的悲哀。我一言不發地立在黑暗裏，望着河水。

「呵，飛哥兒，怎麼呆住了？傻子！沒有聽見過，知道將來是不是你的老婆呢？倒先替人家可憐，眞是不害羞！」華桂帶着譏笑地說。

「不許瞎說！仔細我撾你！」我又怒又羞地，禁止華桂。

月娥和華桂都大笑起來了。

「時候不早了，應該走了罷。」月娥說，於是華桂靠近她胸前去撫弄了一會。於是我們分別了月娥歸來。

市鎮上已經滿街燈火。喧嘩的聲音，響澈了全鎮。我纏在無聊和苦痛的幻想裏。父親適不在店中，然而我那晚也忘記了晚餐。

（三）

我一連幾天沒有跟着華桂到埠頭上去，因爲我怕月娥和華桂要拿我取笑。天氣漸漸炎熱，暑假轉眼便到了，我預備畢業考試的功課，比從前倍覺忙碌。但有時讀書倦了，夜闌人靜。心中又忽然想起——

「我總得瞧一瞧……」

華桂有時晚上也嘻皮笑臉地到房中來，談一會，但只要聽見外面父親的脚步的聲音，便又鼠一般地逃出去了。

那一晚，我有些倦了，抛開書籍，到櫃台上去站了一會。華桂走近身旁，把我拉到棧房裏，笑嘻嘻地說：

「到手了……」

「恭喜你，幾時到手的？」

「昨晚……」

「在什麼地方？」

「埠頭過去的草堆裏。」

「呸！狗一般的！」我笑了。

「別罵人！明天下午我領你瞧李家的少女去。」

「那裏，」我羞了。

「觀音寺的小路上。」

「你怎麽知道？」

「月娥告訴我的。她明天下午也到那裏去。」我忽然羞得回轉身來跑了，華桂在後面趕來說：

「到底去不去？」

「去，一定的。」

○　○　○

這一天，淸早起來便似乎有些飄飄然了，昨晚睡得不很好，做了許多的怪夢。早餐後便到學校去，同學以爲考期將至，對於功課都用心靜聽，敎室裏也沒有從前一般的喧嘩聲音。我的心裏却總是老在想些無聊的問題：

今天能够瞧見嗎？

瞧不見，怎麽樣？

總得瞧一瞧……

午餐後，歷史課結束後，大家都預備溫習，我便挾了書包，跑回店中，我記得途中的脚步，比平常是跑得快些了。

華桂看見我回來，便到棧房裏拿了兩小捆藥材，作爲到河裏漂洗的模樣。在他後面跟了出去。

觀音寺離古城鎭約有一里之遙，那裏的香火很盛。古城人最迷信觀音，他們無論男女，都呼觀音爲「救苦救難的大士」。那天似乎是什麼廟會，途中老少男女，三三五五，結隊偕行，大概都是觀音寺進香歸來的。

「仔細些，不要給賽貂蟬走過了！」華桂東張西望地說，手裏還拿着藥材。

「又不認識，知道她走過不走過？」我微笑地說，眼睛仍注視着行人。

「那一個小女子最美麗的，那一個就是……」華桂說到這裏，忽然跑向前去幾步。

我抬頭看是月娥來了，也十分歡喜。

「等急了罷，飛哥兒。」月娥說。這一天她穿了一身月白色的布衣，頭上戴着一朵紅花，到也有幾分的美麗。

「李家的少女呢？」華桂不能忍耐地問。

「在後面，快來了。」月娥回頭望着。

我們三人的脚步愈走愈遲了，月娥故意同我們離開幾步，表示她同我們是沒有關係的樣子。

夕陽反照在路邊林中的樹葉上面，樹葉上閃着燦爛的金光。暮鴉隊隊，在天空啞啞地飛去。月娥忽然站住了，同後面走來的一個女人招呼。那女人大約也不過是四十上下的年紀，臉上却帶着蒼白的顏色。眉頭稍蹙，似是半生悲哀的標誌。後面伴着一個梳辮的少女，身材似乎正同我一般的高。流動的眼珠，烏黑的頭髮，玫瑰色的圓長臉龐，襯着粉紅色的上衣，淺藍色的綢裙。婷婷而來，似碧桃在微風中飄蕩。

「這眞是活貂蟬！」華桂輕輕地說。

我迷戀在暮色蒼然的歧路上了，這樣美麗的少女，是我從來沒有瞧見過的。

然而人生的美滿而幸福的時間，終不過是轉眼的一刹那間罷。她們在前面走去了，微風吹月娥和少女談話的斷續的聲音到我耳際，那清脆而幽越的樂音。我的靈魂是被愛之烈火燃燒着了。

「跟到她們的家！」華桂提議。

「好的。」我說。

走盡那蜿蜒的曠野的小道，到了古城的後街了。黑暗開始張開牠的幕。藉着市上的燈光，我們還隱約地望見她們三人的後影。再轉過一條小巷，前面便是一塲空地，古槐三株，直立池邊。我們模糊地望見她們穿過古槐，便髣髴聽見開門的聲音。

「大約她們都到了家罷。」華桂說。

「應該回去了。」我無精打彩地說。

（四）

校中的畢業考試已經開始了。我每日考畢的時節，總要走到那晚上走過的小巷後面的空地去望望，蒼然直立的古槐，清澈的池水，水中的幾尾小小游魚，都已經成爲我的最相熟的朋友。我到那裏去的時節，是瞞着一切人的，連華桂也瞞着。

「我總能再瞧見一次罷……」

我的心中常常這樣希望着，走過古槐，便是三間並列的大廈。靠左邊一間的屋是常常閉着門的，我於是想像這就是我愛的少女所住的家。

這裏來往的行人並不很多，所以寂寞之地，能任我徜徉。但是那一天，不幸遇着月娥了，她提着滿籃的衣服，正要往河邊的埠頭去。

「飛哥兒，這裏玩得好嗎？」

「我歡喜瞧池中的魚。」

「不是瞧魚，瞧人罷，」月娥笑了。

「瞧人——替華桂瞧你呵！」我滑頭地說。

「瞧我？好說！瞧李家的少女罷！瞧媚媚，是不是？」

我從此纔知道媚媚是她的名字。

月娥遇見我以後，華桂也發現秘密了，不時跑來找我。我心裏以爲媚媚只許我一個人在那裏等着瞧的，對於華桂之跑來，甚不滿意。於是便絕跡不走到那古槐小池的空地上來了，心裏却終不能忘情，總想——

「我應該再瞧見一次……」

畢業考試完了之後，榜出來了，我幸而還考得好，名列第二。父親很歡喜，便籌備使我下半年到南京進中學。同時也常有人來向父親提起我的婚姻問題來，父親興高采烈，評頭論足，總不滿意。

「李家的女，娴娴好麼？」

那一晚，我在櫃台上，忽聽見同父親談天的夥計，說出上面一句話。這是危急萬分的時候到了，我便靜聽父親的評判——

「美麗極了，可惜身體太弱，怕要短命。」父親搖頭地說。

這「身體太弱，怕要短命」的八個大字，輕輕地將我的心頭夢想完全打消了。愛之神呵，你不要在幼稚的少年的心上，隨便地撒下愛之種子罷，撒下了便任何雨打風吹終是難拔却！

我為厭恨父親的評判，曾一個人躲着哭了幾次。華佳不知道底細，以為我快要到南京去了，離不開父親，所以悲傷。

「飛哥兒，好好地罷，到南京去讀書，用功幾年，做了官，再回家娶親，娶李家的賽貂蟬。豈不威風嗎？」

他不知道我的希望已輕輕地給父親迷信的思想抹殺了。我那時只希望在動身往南京以前，能瞧見姍姍一次；或者我們能夠談話，談一句話。

暑假過去一半了，父親的在南京的朋友有信來催，我於是便乘了一葉扁舟，離開家鄉。我對於故鄉的水光山色，都沒有什麼留戀。只是母親沒有到店裏來，臨別未見，不免神傷。而且姍姍的影子，總時常在心中搖曳。甜美的希望是沒有了，但幾時再瞧見她一次呢？

到南京之後，因爲初入中學，功課匆忙，所以無聊的夢想漸漸忘却了，次年四月，父親來信說：華桂已辭掉，是爲了與人家女僕通奸生出小孩的事。我心中不禁替不幸的月娥悲傷，而且華桂又到裏去了呢？這有誰知道？我因此又想起姍姍，她將來竟嫁給誰呢？那樣美麗而可愛的女郎！她的將來的命運是幸福，抑是悲哀？這也許只有冥冥中的神明知道。

如今，我已經八年不回到故鄉。但只要獨自在暮色蒼然的小路上走着的時節，便不禁如夢如烟地想起姍姍，她是我的第一個戀人！雖然我們不曾談過一句話，而且她的心中，到如今，一定還不知道世界上有愛她的我的存在！

150

愛麗

他冒着寒風從大學校挾了書包回來的時節，心裡的確有點倦了。回到公寓裡，他把書包向書架上一丟，回身往牀上一躺，口裡就嗚嗚咽咽地哼起：「我想起，當年事，好不……淒涼」的老調來。

哼了一刻，他把牀裡面的被往外一拉，壓在自己的身子下。房裡的火爐烤得他渾身和暖起來。被兒又正在身底下作怪，使他有點發燥。他把眼兒朝上一望，牀頭掛的胖女子的相片，似乎正涎着臉兒朝着他凝望。那女子胸前的衣襟，可以看見隱隱約約隆起的曲線。伊似乎正躺在旋椅之上伸懶腰，一種嫵媚之態，令人魂銷。

「愛麗眞有點妖！但也好，大約容易到手，不妨同伊混混。做老婆可不行！做老婆還是月英好。月英也有點鬼！似有情，似無情，令人摸不着眞意。伊總想讀書留學；讀書留學有什麼用！蘇曼殊罵得眞好：女子留學，不如學髦兒戲！……愛麗？月英？自己已經二十四歲了，沒有老婆，怎麼辦？」

他愈想愈覺得衝動起來。他俯身抱着紅綾面兒的棉被，便感覺棉被也正同女性一樣的溫柔了。可憐的亞雄，他把棉被當作對手的女性，已經不止一次！當他正想解開褲帶犯着無可奈何的罪惡時，心中又忽然發生了許多感想。棉被上的黃色成績太多了，實在不十分雅觀。上回叫公寓裡的夥計拿到外面晒被時，秘密已經給夥計們發現了，大家傳爲笑談。況且近來身體已經沒有從前健康了，不是在課堂上困得想睡，就是每晚睡醒，身上總出了一身虛汗。他想到虛汗乃癆病的前兆，心中非常害怕，便一蹤身跳了起來。

「我想起，當年事，……」他又嗚嗚咽咽他哼着。隔壁房裡忽然有敲着板壁的聲音說：「亞雄，不要哼了，我的肚子痛得要命了！」他覺得奇怪，便匆忙地推開房門，跑到隔壁房裡去，口裡說：「慶民，怎樣了？」

他看見慶民正躺在牀上，頭朝牀裡，身上還蓋着被。「又是吃東西吃壞了罷，老是好吃，不要命！」他帶笑地說。

「吃壞！你的紅色補丸害了我了！」慶民轉身朝着牀外帶恨地說。

「紅色補丸會吃壞人麼？我不相信。」亞雄覺得有點奇怪。

原來亞雄因為自己的身體給棉被弄壞了，所以便買了一瓶紅色補丸來，想把自己弄得强壯些。不想昨晚慶民到他房裡來玩，一看見便搶着倒了半瓶去。這慶民是個有名的好吃鬼，只要吃得的東西，不論是青紅白黑熱冷酸臭，總要張開大口送下去的，況且紅色補丸上面明明有個「補」字呢！亞雄當時雖然也有點吝惜，但紅色補丸已經到了慶民的手裡了，料來不肯放回，於是說：「吃這東西不是玩的！你應該記着：飯後吞下，吞後幾十分鐘內不要喝茶！」他的話沒有說完，慶民便笑嘻嘻地一溜烟跑回自己的房間裏去了。

這會兒慶民說是紅色補丸把肚子吃痛了，亞雄覺得事必有因，於是便問他：

「你幾時吃紅色補丸的？」

「飯前。」

「你吃過紅色補丸後，喝過茶沒有？」

「我是用茶將紅色補丸吞下的。」

亞雄忍不住哈哈大笑起來，說：「這是你好吃的報應！我昨晚不是告訴你，吞了補丸後不要喝茶，而且要飯後纔吞麽？誰叫你只顧搶着丸藥跑，不聽清我的話！」

慶民自己想想也覺得好笑，又有些害羞，於是一翻身便將被兒沒頭沒腦地裹住。

亞雄笑着踱回自己的房裏了。他覺得房裏的火爐太熱了，紅色的棉被又在那裏涎着臉兒誘惑他。他覺得非逃出不可了，於是便戴起帽了，穿上大衣，搖搖擺擺地踱出門。

他已經走到煤山街上了，他看見許多大學生都挾了書包搖來擺去。一個剪了頭髮披着紅圍巾的女學生，身旁跟着兩個男學生，一面走着，一面說笑。這女學生大約也不過十八九歲的年紀，身穿一件嗶嘰旗袍，旗袍上還鑲着絨邊。臉龐白裏帶紅，不肥不瘦；身材不長不矮，恰到好處。

「這個女生大約是新來的，從前沒有看見過。呵，眞美麗！在大學裏，可以做Queen，一定可以做Queen了，月英不如伊，愛麗更不如伊！可恨！可恨！偏偏有兩個男生跟着，而且很親密地談笑。他們眞有福！我也跟上去，跟上去，跟上去！但是伊有兩個男人了，再跟上一個，不太多了麼？管什麼？跟上去！」

他一面想着，他的脚便不知不覺地跟着走了，轉了一個灣，他看見那個女生走進一個公寓去了，兩個男生也跟了進去。他髣髴「侯門似海」地站在公寓的門前，望了一刻，不見有人出來，他自己也覺得無聊起來。左邊有個豆腐公司，他便無精打采地走了進去。

其實亞雄此刻肚裏並不餓。但是他旣走進豆腐公司來，總不能不吃些東西，於是便說：「來，來一碗豆漿，兩塊蛋糕！」

他口裏喝着豆腐漿，嚼着蛋糕，心裏却在想：「那剪髮的女學生，是住在這個公寓裏麼？假如是的，我一定每天來這裏吃豆腐漿，好找個機會看看伊。這豆腐公司的生意也許要好起來了，因爲隔壁住着那樣好看的女學生。」他覺得好笑，因爲身邊掛着一個電機，他又想打電話：「打電話給誰？月英嗎？愛麗嗎？打電話到隔壁公寓去，又不知道那個剪髮的女學生的名字。時候不早了，月英家裏又管得那麼緊，一定不肯出來。打電話給愛麗罷。愛麗臉上有疤，鉛粉也塡不滿。但是還好，身上胖得好。女人應該胖，愈胖愈好！月英太瘦了！誰叫伊那麼用功？玩玩罷，管什麼，叫愛麗來玩玩。人生有什麼？混混而已！」

亞雄自發明了他的「混混哲學」以後，做事已經不似從前的胆小了。他站了起來，決定打電話給愛麗。

「喂，你是誰？」

「我，你猜猜？」

「呀，亞雄呀，什麼事？」

「終身大事！」

「別胡扯，眞的什麼事？」

「我請你玩去。」

「我不去，天氣太冷。」

「去罷，眞的有大事商量。」

「又是胡扯，什麼大事商量？」

「眞的，不騙你，你一定來罷。」

「那麼，你在那裏等我？」

「公園後門的柏樹下。」

「月英也去嗎？」

「不的，我一個人。」

「好的，我就來。」

亞雄放下電機來，心中又充滿了希望了。夥計走過來算帳，說：「一共十六個銅子。」亞雄從大衣袋裏摸出一張一角的毛錢票，大模大樣地說：「一總拿去，不用找了，多的就算小費。」

夕陽照在公園的屋瓦上，幻作黃金色。暮鴉也隊隊地向西飛去。池中還剩得許多殘荷斷梗，在風中搖曳。幾個匠人，在那裏搬運浮石，堆造假山。亞雄坐在沿水的靠椅上，眼睜睜地望着公園鐵門。然而愛麗的影子也望不見。

幾個零落的遊人，也給晚風陣陣刮走了。亞雄覺得有點冷，把手放在大衣袋裏。他想着女子出門真不容易：要擦臉粉，換衣服，梳頭髮，對鏡子，一弄就是半點鐘。唉！女子！女子！眞是玩物！難怪叔本華要那樣討厭伊們。愛麗更靠不住！據大學裏同學傳說，愛麗至少有三十個以上的好朋友。這還了得！月英眞好，能用功，性情又溫和，臉兒也不醜，不說別的，就是愛麗額前的小疤，月英的臉上就用顯微鏡也照不出。

他似乎有點恨愛麗了，這個「恨」心是從期望的心來的，他的思想又一轉了：但是月英也有點虛僞！伊口口聲聲說是母親管得緊，要自由要等伊出洋留學歸來後。一個人有了戀愛，還用得着母親嗎？爲了母親而犧牲戀愛不對的！人生幾何！出洋留學至少也要五六年。等伊求學回來，大家都老大了，有什麼趣味？況且自己家中有的是錢，只要大學畢了業，混個資格，回去還愁什麼吃用！享樂，享樂，人生不過享樂而已。要想享樂，還是愛麗好。

他正在想得出神。剛聽前面水中悉索一聲，他連忙站起身來倚着欄杆凝望，只見一隻水鳥向空中飛去。身後似乎有人喊道：「亞雄。」他回頭一望，愛麗已經姍姍地站在他的面前了。

「等久了罷，對不住！」愛麗把眼珠向着亞雄一瓢，臉上微微一笑。

「我也是剛來不久……」亞雄含笑着答，他把愛麗上下一望，只見愛麗今天穿了一件淡白花絲葛的棉襖，外面套着一件藍色的絨線衣，黑色團花的湖縐裙，底下鑲着絨邊，脚上是穿了高底的漆皮鞋。頭髮已經燙得蓬蓬鬆鬆地高起來，雖然臉上的鉛紛終掩不住伊額上的疤痕。愛麗已經够美了，據亞雄的眼裏看來。

「你邀我來商量什麼大事？大約又是騙我出來玩玩罷。」愛麗似乎窺破亞雄的心思地說。

「眞的有事，不騙你！」

愛麗把眼兒向四周一望，說：「今天公園眞好，這般淸淨；我最討厭的是夏天的公園，因爲來的人太多。但是秋天和冬天的公園，都是可愛的。你看今天公園裏眞靜。這麼偌大一個公園，幾乎是我和你兩人的領土了。亞雄，你說是不是？」

「是的，人少，談話也可以自由些。」

他們倆兒一壁說着，一壁向前走，不久便已走到地壇的後面了。亞雄愈走愈挨近愛麗，便拉著伊的手。愛麗把頭兒靠近亞雄，因爲伊的身材矮小的緣故，所以雖然穿了高底鞋，伊的頭兒還只能靠著亞雄的肩。亞雄把頭兒低了一低，臉頰正碰着愛麗的蓬鬆的頭髮，便覺得一股香氣，沁人心脾。

「亞雄，你今天爲什麼不邀月英同來？」伊飄着眼兒向着亞雄一笑。

「月英，沒有邀伊……」亞雄含糊地答。

地壇左邊有椅子，他們倆兒便並列着坐下了。亞雄伸手去摸愛麗的背，從背後又伸到腋下。愛麗把臉一沉：「放尊重些，別被人看見笑話！」

「這裏沒有人——」亞雄涎着臉兒說。

「你旣愛月英，又何必愛我？」愛麗想了一刻，忽然地說

「哦……」亞雄一時不知道怎麼回答了。他想他愛月英，已愛了兩年，誰也知道的。他如何可以對着愛麗否認他對於月英的愛？在愛麗的面前，又怎可以老實說他愛月英？素日油滑的亞雄，此時也有點艱於回答了。停了一刻，他纔若無其事地笑著說：「難道一個男子不能愛兩個女子麼？」

「一個男人愛兩個女子，一定得不著歸宿，將來總是痛苦的。」

「是的，總是痛苦。但是一個女人愛兩個男人或兩個以上的男人呢？」

「當然，也是一樣。」

亞雄湊著機會便把他對於愛麗懷疑的心思說出來了，他笑著道：「愛麗，請你恕我說話唐突！本科裏的同學都說：你至少有三十個以上的男朋友，這話當眞嗎？」他說完了話，緊緊地把眼睛瞧著愛麗。起初看見愛麗臉上有點怒容，後來愛麗忽然淡笑地說：「你不要相信他們的鬼話！他們寫了許多情書給我；我不理他們，所以便造出許多謠言。誰理他們，像大學裏那些窮鬼！」

「我本來也不敢相信……」亞雄怕愛麗生氣，只得賠罪地說。暮色已經從空中籠到地面，他低下頭來看了一看手錶，說：「冬令天氣，果然這樣短促！剛纔五點鐘，天色就這樣黯淡下來。愛麗，我們還是吃晚飯去！」

愛麗把頭兒向亞雄身上一靠，正靠在亞雄的胸前。亞雄用手撫摩着愛麗蓬鬆的頭髮，在伊的髮上輕輕地吻了一下，說：「走罷，我的好愛麗！」

愛麗和亞雄對面坐在共和飯店的一個房間裏了。愛麗抬起頭來瞧這房間的四週：靠窗擺着一張白色鐵牀，牀上披着一張黃色的俄國氈子，什錦被兒整齊地摺着。牀的對面擺着一張白色的照衣鏡，愛麗遠遠望去，可以瞧見自己紅暈的臉孔。伊知道這是一間寢室，想起共和飯店門口的馬車汽車，不由的有點害羞起來。

「不是吃晚飯麼？爲什麼跑到這寢室裏來？」愛麗懷疑而且玩笑地問，其實伊心中也有點了然了。

「在飯廳裏人太多，而且談話也不便。這房間不精緻可愛嗎？」

亞雄走向前去，把愛麗抱住，低下頭來就要親吻，愛麗並不躲避，把嘴兒迎了上去，他們親吻的時間很久，足足有二十分鐘。

「你同月英也 Kiss 過嗎？」

「沒有……」亞雄答了一句，放開愛麗，腦中的疑團更深了：他和愛麗從公園坐車到共和飯店來的時節，他彷彿瞧見單牌樓大街上月英坐着洋車馳過，後面慶民騎着腳踏車跟着。他看得千眞萬確，月英身上還穿着厚呢大衣。慶民的肚痛已經好了麼！兩月來慶民只是鬼鬼祟祟地，課也懶得上，整天關起門來不知道做什麼，大約是寫情書。月英同慶民認識還是自己介紹的。却想不到他們深夜裏還一同出來，眞是狗男女！月英總說母親管得緊，要讀書留學，原來都是鬼話！他又想試試愛麗瞧見沒有，於是便問：

「你從公園來時在單牌樓街上瞧見什麼沒有？」

「沒有，我怕人看見，用手帕包着臉。」伊說了，掋着嘴笑。

亞雄愈想愈呆了，凝眼望着天花板上的光明的電燈，愛麗在他的背上打了一下，笑着說：「你想什麼！想月英，是不是？」

「不是……」他含含糊糊地說。

「有點不舒服嗎？」伊用手摸摸他的額。他乘機向牀上一躺，把愛麗抱在牀上，心裏想：「管什麼！女子都是靠不住的，還是玩玩罷！」

愛麗爬在亞雄的身上，把口兒放在他的耳邊，低聲說：「我眞愛你！」

「我也眞愛你！」

亞雄正想動作起來，猛聽得房門外旅館僕人敲着房門說：「用飯不用？」亞雄同愛麗都無端地吃了一驚，恨旅館僕人多事，於是亞雄便大聲說：「不用，過兩點鐘再預備。」

他又把愛麗緊緊抱着了，而且愛麗已在亞雄的身底下。「你眞重……」愛麗呻吟地說，「但是要快些，我吃了飯還要回公寓，因爲我的姊子在中學校裏今晚要打電話給我……」

我愛的小寶寶：我在你的身邊的時節，也覺得沒有什麼；離開剛三天，便髣髴渾身都麻了。你現在心身都平靜了麼？你夜裏早些睡吧。

我愛的，當你擁抱着我的時節，摸摸我的週身，不是說我胖了嗎？我摸着你的身上盡是骨頭，心裡十分憂愁，時常勸你醫瘦。但是今天我的媽媽說我太瘦了。我心裏想：我愛的小寶寶比我瘦得多娜！媽媽看了不要更害怕吧。我愛的，你在這寒假裡便應該十分珍重，少看些書，少做些文章，多吃些飯，養得胖些。待我回來的時節，你如果吃得胖些，我自然要謝謝你；你要還是那樣瘦，我可不饒你了。小寶寶，留心着，瘦了，我要打你的。

我的媽媽時常向我問起你，她非常歡喜你。這也不知道誰告訴她的，她雖然和你沒有見過面，却知道你是一個有志氣的青年，是一個半工半讀的苦學生。她很歡喜我和你要好……小寶寶，你又該樂得跳起來吧。

回家以後，天天大嚼，滿嘴是油啦。小寶寶，你的嘴上有油沒有？——你這好吃糖的小孩，現在怕是滿嘴是糖吧。親愛的，我有點討厭你的嘴了。你預備什麼呢？我再來，不要你的嘴了，你預備什麼給我呢？

呵，可愛的小寶寶，你不是說過，要我在信上說些故事給你散散心麼？今兒我聽了一個怪可憐的故事，就寫給你看吧。這個故事恐怕不能給你散心，因爲怪可憐的，怎麼好？

這不是「故事」，是眞事，是阿蓮的事啦。阿蓮，你記得她不？我曾向你提起過，她是我遠房大伯買來的丫頭。有一次，好像是在公園裏，你記得麽？你問我：「你們家鄉，有幾個像你一般的大脚女子？」我說：「五十里內，只有兩個：一個是我，一個是阿蓮。」你還記得麽？小寶寶！

呵，阿蓮眞死得可憐……

小寶寶，我這次回家，絲毫不知道阿蓮已經死了啦！今兒一早，我跟了媽媽到大伯家裏去玩。一進門，我便喊：「阿蓮！阿蓮！」眞奇怪，媽媽登時瞅了我一眼，說：「別喊，阿蓮早已死了！」「死了麽？幾時死的？」「去年十二月裏。」

大伯還在店中沒有回家，只有大伯母一個人出來了。她看見我，笑嘻嘻的說：「芸兒！一年不見，越發長得好看了。」她隨即進房，端出兩個碟子來，裏面滿裝着花生，瓜子，糖菓等物。我瞧見伯母額上的縐紋，似乎比從前更多了，容顏益覺蒼老。阿蓮死了，也許伯母沒有從前那麼享福了吧？我想，接着就問：「阿蓮是生什麼病死的？伯母。」伯母臉上本來顯出許多敷衍的笑容的，聽見我的話，登時就把笑容收了進去，沉下臉來說：「病死？賊丫頭！活埋了！」「活埋了……」我的背上似乎澆了冷水一般，登時忍不住打了一口寒噤。媽媽又使了一個眼色，似乎不許我再說下去。我只好低下頭兒吃東西，媽媽便和伯母談起家務來，把阿蓮的事撥開了。

我吃着花生，瓜子，水菓，好像嚼着泥土一般，非常難受，低着頭兒不住地想：阿蓮犯了什麼事，爲什麼活埋了？我在擺着碟子的油光的桌面上，隱約模糊地望見阿蓮的圓大而微黑的臉，眼睛還是像流星一般的閃動。

伴着媽媽回家，心兒像火燒一般的焦急！我拉着媽媽的手，靠着她，說：「告訴我，阿蓮爲什麽活埋着的？好媽媽！」

於是媽媽坐在籐椅上，喝了一杯茶，慢慢的說：

「阿蓮是活埋了，是的，那個孩子，我也覺得可惜。

「芸兒，你不記得麽？她一見着我，老遠就喊：「太太，太太，」喊得多麽親熱！

「她活埋着，是爲了她同木匠李相好的事。

同木匠李相好，從前年冬間就開始了，芸兒，你也許知道一些罷？阿蓮那個孩子，做事從來不會瞞着我們的。

「她曾公然對我說：「太太，我同木匠李的事，大媽（她喊我的大伯母喊『大媽』）是知道的。她想我替大伯生個兒子，頂着這一門香火，太太，你想，大伯是五十八歲的人了，還辦得到麼？

『我那時問她：『那麼，大伯也知道麼？』『大伯現在還不知道，他又不常回家。他那樣又聾又糊塗的老頭子，誰去告訴他？』接着她又說：『大伯就知道，想也不要緊。他要我生兒子，他自己又沒有本事，一上床就睡着了。我找木匠李，替他生兒子，他還該謝謝木匠李吧。』說了，她只是笑。

『我還笑着問她：『你喜歡木匠李麼？』『喜歡，因爲木匠李老實，勤謹，聰明，乾淨。』眞的，木匠李是老實而且聰明，芸兒，你靠着的桌子就是木匠李做的，你看那上面的花紋雕得多麼精工！

『我那時還勸阿蓮小心些。我說：『鄉村裏壞人多，風俗又舊，一不小心，可不是玩的。』她聽了，也點頭稱是。

「他們倆兒眞好！一對聰明的小孩子。眞的，阿蓮不死，今年剛剛二十二歲啦，木匠李比他大兩歲，也只有二十四歲吧。

「那樣一對聰明孩子！誰料得到他們要那樣短命，而且死得那樣凄慘！

「唉，眞是不堪想起，去年的春天：

「一個春風和暖的早上，我正在梳洗，阿蓮笑嘻嘻的跑進來，說：『太太，後山上的野筍已經長得一尺多高了。你給我一隻袋，我去拔筍。拔兩袋，一袋背同家給大媽，一袋背來給你。太太，你不是喜歡吃野筍麽？』

「我給了她一隻袋，她歡喜得連奔帶跳地走了。

「傍晚，木匠李背了滿滿的一袋來，說：『阿蓮累了，這袋野筍叫我送來給太太的。』

「『木匠李，你也同阿蓮一塊上後山去拔筍的麼？』我問。

「『哦，』他說，堆着笑臉，『今兒沒貨做，所以一同上山去玩玩。』

「我請他喝了一盃茶，他越發高興起來，說：『眞有趣！我同阿蓮上山，大家約着不同路走，她向東，我向南，各向野竹深處走去，漸漸走漸遠，彼此都瞧不見了。後來，我拔筍拔得累了，便高聲喊阿蓮，哈，竹林又密，山又高，風又大，那裡聽得見呢？我沒法子，沿着野竹走去，竹圈成一斜圓形，走到西邊，看見她坐在野竹叢中，正在拔筍，看見我來，樂得拍着手笑。』

「我也忍不住笑了，聽見他說那樣小孩般的情景。

「後來，木匠李走了，我打開袋來，裡面滿滿地裝着幾捆又細又嫩的野筍，上面，還擺着許多鮮艷的艷山紅。

「我想：阿蓮真是小孩氣，這些艷山紅採來幹什麼呢？

「次日一早，阿蓮就來了，一進門，笑着說：『野筍好吃麼？大媽吃着說好。艷山紅是採來送芸小姐的。快要放春假了罷。芸小姐回不回家？

「我說：『不回家，已經有信來了。』

「『不回家麼？怎樣那麼忙？把艷山紅寄幾朶到學校裏去給芸小姐罷』，因爲她喜歡艷山紅的。太太，你說過，是不是？

「芸兒，你看，阿蓮待你多麼好？

「唉，冬天快完，春天又要來了。阿蓮和木匠李的墳上也將生出許多艷山紅來罷。談起艷山紅，就叫我想起伯母家裏的血跡，芸兒，你今兒不留心，大約沒有瞧見罷？那血跡，在伯母家，西邊簷下的地上，同艷山紅一般紅的血跡，是永遠洗不去的，遇着陰雨的天氣越發明顯。」

媽媽說到這裏，停了一會。

我插嘴問：「媽媽，木匠李也死掉了麼？為什麼伯母家裏又有血跡？」

「死掉，木匠李也一同埋着了！

「捉奸要一對！在伯母家裏捉着的，打了一頓，打得半死半活，然後埋掉的。

「他們一對小孩子，眞也太胆大了一些。

「芸兒，你知道，大伯一月只回家一兩次的。

「阿蓮千不該，萬不該，不該引了木匠李到家裏去住宿！

「本來他們那樣不避嫌疑，村中罵他們的人已經很多了。阿蓮告訴我，她在前面走，後面就有人暗暗地罵：『寶秘貨，木匠奶奶！』

「我曾一再警告她，『阿蓮，你得留心些！』

「年輕人眞是不懂事！越鬧越放蕩了，我們的趙媽說：『有人在後山上看見，阿蓮在和木匠李抱着，在森林裡面，下身是赤光光的。

「芸兒，你看，那還成樣子麼？

「後來有一次，事過之後，她告訴我，我還爲她揑了一把汗。就是有一晚，大伯忽然從城里的店裏回來了，大伯坐轎，從店裏到家剛半夜。

「不巧得很，木匠李那晚就在阿蓮床上睡。怎麼辦呢？外面有人叩門，知道是大伯回來了，大伯母起來敲房門叫阿蓮，她正睡熟了，叫也不醒，床上的木匠李嚇得大汗直流，用力捻她的肉，好容易把她捻醒了。她纔手足無錯地讓木匠李躱在床下。

「眞危險哪，大伯那晚就要同阿蓮睡。倒是伯母乖覺，做了個好人，叫大伯到她自己房中睡了。後來，到東方發白的時節，阿蓮纔悄悄地把木匠李放走。一場危險，算是安穩地度過。」

媽媽喝了一杯茶，接着又說：「他們那樣在家裏幹，我總擔心他們要弄出——」

我忽然懷疑了，忍不住問：「伯母不是知道阿蓮同木匠李好麼？在家裏有什麼要緊呢？」

「伯母並不是眞心歡喜阿蓮配木匠李。

「我已經說過了，她要的是阿蓮生兒子，爲了兒子，所以不管她怎樣胡鬧。

「果然，去年秋天，阿蓮的脾氣有點怪起來了。一會兒想吃這個，一會兒又想吃那個。甜，酸，苦，辣，時常變換。這當然是有喜的預兆。

「伯母當初還很歡喜，她曾對我說：『要是阿蓮生出來是兒子，就把阿蓮收房做小；要是女兒，就把女兒給了人家。橫豎將來還要生的，也不妨冠冕堂皇的把她收房做小。』

「芸兒，你知道，大伯同阿蓮雖然是有了糾葛，明裏可是還算丫頭。

「所以在伯母看來，把阿蓮收房做小，算是一件了不得的大典！

「孩子還在肚裏，也許只有桃核般大小，外面的議論，可就多極了：

「阿蓮說：『兒子，自然是大伯的；女兒，也一樣是大伯的。就是女兒也不肯給人。』

「木匠李說：『兒子女兒我都不要。阿蓮要生了兒子，阿蓮應該跟了我走。」

「木匠李的意思，也許阿蓮也贊成的，可是她說：『我走了，我的孩子呢？』可憐的人！她還沒有生下孩子，倒先捨不得孩子。

「最高興的自然是在胡蘆裏的大伯了。他知道阿蓮將有喜事了，樂得什麼似的。替阿蓮做了幾套新衣服。一面逢人便說，他不久要有小孩了。

「誰不笑他呢？只有他自己不知道自己家裏的醜事。

「二叔母，唉，芸兒，你總知道，你的二叔母那個寡婦的利害？

「二叔母自己沒有兒子，她最恨的是人家有兒子。她常常一個人站在街上，大聲地說：『有子有孫，餓得鐵嚀叮！孤老孤老，餐餐吃得飽！』芸兒，你也許聽見過她的刻毒話罷。

「大伯快有孩子的消息傳出來，第一個不舒服的就是二叔母，她到處罵着說：『烏龜子，不如沒有！』

「這些不乾淨的消息，自然有時順風吹到大伯的耳中。

「大伯有時回家，在街上走，村裏的頑童們，用紙剪成烏龜的形式，悄悄地黏在大伯背面的衣服上。

「大伯雖然老了，糊塗了，可是心裏總有點明白了罷，經了外面多次笑弄以後。

「他待阿蓮却仍舊很好。店裏三番五次的寄東西來：桂元，蓮子，紅棗，補血的東西，一包包的寄回家，信上還寫明是給阿蓮吃的。

「伯母心裡漸漸不舒服了，她曾氣憤憤告訴我：『兒子還在肚裏呢，可就封了王了；兒子要生下來，豈不是要做皇帝不成！』

『我心裏那時就暗暗替阿蓮着急。

「可是阿蓮的命也眞苦！肚裏的胎剛剛三個多月罷，忽然又說是小產了。

「據阿蓮說：『這是大媽的不對！有了孕還叫他挑水，那樣大桶子的水，一天挑兩次，還不小產嗎？』伯母說：『臭了頭！有了孕還不省事，天天同那木匠鬼一塊，還不小產嗎？』」

「大伯在店裏，聽見阿蓮小產的消息，據說氣極了，一連四五天不曾起牀。後來寫信回家，把阿蓮大駡了一頓；對於伯母，也曾埋怨了幾句。

「那時阿蓮眞痛苦極了，伯母天天駡她，她的臉上，本來是圓而胖的，已經瘦得同猴子似的，不像人形了。

「一天她來對我哭着說：『太太，大媽的家裏，我眞不能再住下去了。』

「我那時覺得只有阿蓮離開伯母家中的一法。我說：『阿蓮，本來這話我是不該說的。但是，我歡喜你，覺得你在大媽家中再住下去，沒有什麼好日子的。你能不能同木匠李商量商量，叫他拿出一百塊錢來，把你從大媽手裡贖去，你們正式做夫婦。我想，你的孕又小產了，大媽也許肯的。』她有點給我的話感動了，說：『這樣也好！』停了一會，她又說：『不行！木匠李那裡來的一百塊錢哪？可憐的人！他賺來的錢一個月也只有十七八元。他家裡有年老的五十歲的媽媽，是靠他養的。還有一個弟弟，他自己因爲不識字，吃苦夠了，所以現在拿出錢來替他的弟弟讀書。太太，你想，他還剩得下錢麼？唉！眞是命苦！』說了，她只是流淚。

「芸兒，我那時也想幫助他，但是從你爺爺不在世以後，我們手頭也緊。沒有法子，只有眼睜睜地瞧着阿蓮受苦。」

夜色從窗上襲進來，房中頓覺朦朧黑暗。從朦朧黑暗裡望着媽媽的臉，也十分嚴肅悽慘，沒有尋常的可愛，溫和了。

我說：「媽媽，我怕！你叫趙媽點上燈兒，再告訴我阿蓮和木匠李怎樣埋着的。」

趙媽點起了洋燈，房裡雖然充滿燈光，然而我眼前的燈光是灰綠的，似乎黑暗中有阿蓮的幽靈在竊聽，我覺得震顫而且恐怖。

「吃過晚飯再說罷，芸兒。」

「不，你不說完，我吃不下飯。」

於是媽媽又帶着愁苦的神氣說下去了：

「從那天後，阿蓮一連幾天沒有到我家裡來。我心裡正奇怪呢，本來要想到大伯家去看看她的，剛巧你的舅母來玩了，在這裡住了幾天，所以沒有功夫出去。

「那知道事情變得眞快！過了兩天，一早，趙媽出去買菜回來，說是昨晚阿蓮同木匠李都已經活埋掉了，就埋在後山的墳地上。

「怎樣埋掉的，那時大家都不十分知道。

「後來，你那凶惡的二叔母來，這次埋人的事，她是親身參加的，所以說得十分清楚！

「她說：『阿蓮那丫頭，早就該死了！……我瞧見她一雙大脚，跑來跑去的，早知不是好東西！虧得老大和大嫂還想她生兒子。烏龜子，生下來也不過是敗家精，要他幹什麼！……偏偏又小產了！烏龜子，小產了也好！……老大眞傻！還埋怨大嫂！……大嫂也傻！他罵阿蓮，阿蓮回嘴，她就沒有法子了，自己氣得三天不吃飯。……是我點破她的，她要不把阿蓮弄掉，將來總要吃她的苦。……你看，阿蓮肚裡裝着烏龜子的時候，老大待她多好！……偏偏這鬼丫頭也是不到頭上不知死！還要把野老公留在家裡，夜夜享清福。……哼！讓他們兩隻小狗永遠享清福去罷！……大嫂一封信去，老大連夜趕來，從床上捉起，赤條條的，大家打了一頓，我也使勁捻了他們幾下。……你想，那樣破壞家風的丫頭，不該捻麼？……後來打得半死半活的，就抬到後山埋掉了。……也够受的！就在後山山塢上，掘了一個深深的坑，先放了許多荊棘在地坑裡面，把赤條條的他們倆兒丟下去，堆上許多石塊，石塊上蓋上一層泥土，泥土上又蓋上許多石塊，石塊上又蓋上一層泥土，他們一對小狗就永遠在那深坑裏住着了。……也好，讓他們永遠去做鬼夫妻罷。……」

「她說得眉飛色舞地，十分有興致，我的頭却痛得抬不起來了。

唉，芸兒！」媽媽說完，悲慘地站起，到廚房裡去瞧做菜去了。

呵，小寶寶，今兒晚飯，雖然弄了許多好吃的菜，可是我和媽媽都吃得不快活啦！飯後，媽媽說：「今兒是二十四，再過兩天就是阿蓮和木匠李活埋的週年了，想弄些紙錢燒給他們。那樣赤身露體的，去買件衣服穿穿也好。」

小寶寶，我想笑媽媽迷信，但眞是奇怪呢，連我自己也迷信起來了。怎麼好？

回到房裡，一個人呆坐在籐椅上，本是怕想阿蓮的，却偏偏想起她生前的情景來：記得阿蓮初來伯母家的那年，一個初夏的淸晨，我走到巷口閒遊，看見阿蓮正在井旁汲水，我走上前去，阿蓮笑嘻嘻地喊着：「小姐，早呀！」「你也早呀！」我說。「太太起來了麼？」「沒有。」「太太應該多睡睡，上了年紀的人。」「阿蓮你還想起自己親生的媽媽麼？」我突然地問她。因爲我知道阿蓮的爺爺，本是大伯店裡的夥計，因爲好賭，虧空了大伯店裡一百塊錢，後來生意辭掉，無法償還，總將他的女兒賣給大伯，以清舊賬的。她的媽媽那時怎樣捨得她呢？我懷疑了。「我的親媽媽麼？我十四歲的時候便死了，死了三年了！」說着，她的臉上充滿了悲哀的神氣。「我也想呢，要是你的媽媽還在，你的爺爺也許不會把你賣掉的。」「那也不一定罷，媽媽怕爺爺，怕得十分利害啦！媽媽是給爺爺逼死的。」她的眼淚像珍珠般的從她的頰上滾下，落在水井邊。盛滿了清水的一對水桶兒，無力而沉默地擺在一旁。「逼死？怎麼逼死的？」我問。她用手帕不住的揩着眼淚，停了一會，纔說：「小姐，小姐，我告訴你罷。爺爺眞壞！那年夏天，午飯過後，爺爺吃得醉凶凶的，忽然和媽媽衝突起來。小姐，你想，他們衝突什麼呢？說來眞也害羞！爺爺要媽媽和他一塊兒到小河裡去洗澡。小姐，你想，媽媽怎樣肯在露天的小河裡，脫得赤條條的去給人瞧呢？她就氣憤憤地說：『就打死了我也不肯！』爺爺惱了，果然拳搥脚踢地打起來，還把媽媽的褲子撕破，讓媽媽的下身全露出來，然後把她推在門外，把大門緊緊地關上。我在屋裡大聲號哭，爺爺也不理我。那天晚上，媽媽就在附近一個樹林裡，用繩子繫在樹枝上弔死了……」「還樣的酒鬼，虧你還叫爺爺呢！」我聽了，不禁憤恨地說。「爺爺不好，但總是爺爺呀！」她把眼淚一揩，挑起兩桶水兒，說：「小姐，你看我的眼睛紅不紅？我要回去了。大媽現在大概已經起身，不回去又要挨罵了呀！……」……想到這裡，我在朦朧的燈光底下，望着紗帳的後面，似乎隱約地有個黑影在顫動，呀，那是什麽呢？我害怕，忍不住喊起來：

「媽媽，我怕！」

我便飛跑到媽媽房裡來了。小寶寶呀，我今晚同媽媽一牀睡了，你想不想？你妬忌不妬忌？

唉，我怕，小寶寶，你怕不怕？

你的　　芸上　　十二，二十四晚。

從你走後

從你走後，這世界已經改變了顏色。我愛，我知道，你的呼吸會使房內的空氣溫和，你的微笑會使窗上的陽光嫵媚，你的思想與行動會使這寂寞的世界變成樂園。呵，有你在這裏，我的生命是怎樣輕快而且安逸，我的心境是怎樣美麗而且快樂呵！但是，今天，是你走後的第三天了。早上我只是躺着，躺着；懶得起來。我想着從前，你未走以前，每天我比太陽先起來，對着天上的一抹朝霞，從公寓步行到工作室，曉風吹着我的微笑的臉龐，街上的行人也十分稀少。當我走到工作室的時候，同事們都還沒有來，我便勤快地開始我的工作了。好像有愛神在旁邊監視似的，我的工作是那樣愉快而且有味。等到太陽慢慢地走到天空，壁上的鐘也打了十二下了，這時我的心裏便突突地跳起來，以爲這是可愛的你應該來的時候了。我便從工作室跑回公寓，可愛的你已經坐在我的房中，看見我來，微笑地站起來，伸出手來讓我握着；我的臉龐便不由的靠近你的臉龐了，你抬起你的頭來，我們的嘴唇這樣的互相接觸着。有時你來得稍遲，我便開了房門，在風前踱來踱去的等着你；非等到你來，我是不肯進房的。你每天來時，總帶來你的繪成的美麗的圖畫，你把圖畫掛在牆上，閉起你的一隻眼來瞧着，微笑而且愉快地讚美並批評你的當天的創作。然而我對於圖畫是毫無研究的，我也只能茫然的瞧着罷了，我總微笑地站在你的一旁。有時你伸出你的手來，放進我的袖筒裏，有時我伸出我的手來，放進你的袖筒裏，我們這樣互相取暖。我們每天相聚的時間雖然短促呵，然而即這樣幾十分鐘的刹那時間，我們已領略了世界上一切的幸福。窗下的黑暗的木桌，書架上的幾本破書，書桌邊的細小火爐，我愛，這便是你愛的可憐人兒所有的資產！但是，我並不貧窮！我的富勝過過去的帝王，我的富勝過海上的豪商，因爲我有了你，我便有了世界，因爲我的世界便是你。我愛，有你在這裏，我的確是懂得讀書的。因爲我能够，從你的話中，我能够聽出世界上所有的眞理，從你的心中，我能够懂得世界上一切的神秘，從你的眼角與眉邊，我能够看出宇宙中無上的美麗。我愛，我還希望而且要求什麼呢？我知道而相信：讀書十年不如你一笑之使我聰明；而且百世流芳也不如你一握手之使我愉快！

但是我愛，今天，我被僕人的呼聲將我從床上懶懶地催起來以後，我看見我的桌上是這樣雜亂而且沒有秩序，這便是可愛的你每天坐在旁邊的桌子呵！爐中的火也不知何時已經熄了！我披着衣服，走出房門，我的四圍彷彿盡是沙漠：灰白色的天，冰凍了的大地，禿了枯葉的老樹。這裏，沒有夢想，沒有歡樂，以至沒有生命。祇有風的狂吹與鴉的亂啼。我愛！這便是我眼前的世界，是你走了以後的世界！

我悄然走進我的工作室，同事們都正在低頭工作。坐在我的座位旁邊的一個胖子L君抬起頭來望望我，從他的驚疑的眼光中好像是在問我：「你今天怎樣來得這麼遲呢？」我煩悶而且羞慚，懶得去和旁人扳談，便在自己的座位上坐下了。桌上堆滿了文件表册，我也無心去整理牠們。抬起頭來望着壁上的時鐘，看見鐘擺不疾不除地搖動，短針正走在十二點的旁邊，長針也漸走漸近了，——唉，十二點鐘，三日前的正午十二點鐘呀！好像是愛神爲我倆而設似的。記得臨走的前一天，午飯已經吃畢了，你和我並肩坐着。你問我別後如何消遣，我便流下淚來了，我把頭兒靠在你的膝邊，讓眼淚流在你的裙上。你撫着我的頭髮，用你的嘴唇親了一親我的額頭，說：「這樣小孩子似的！又不是去了不來！不過三十天呀！好好的玩玩罷！」後來我總說三十天太長了，你又微笑着說，「也許要早幾天來的。」我乘勢將你抱在我的身上，把嘴唇湊在你的耳邊，說，「最好是你不要去！」你說，「那怎樣能夠呢？就是——也免不了暫時的分離罷。」你說到「就是」那裡，微笑地用手指在桌上畫了「結婚」兩字。這時我愉快而且興奮起來了，我瘋狂地將你緊緊地摟着，……我愛的，那是怎樣美滿的一刹那呀！然而現在呢？壁上的時鐘已經到了十二點，午飯的時間也已經到了罷。同事們有家的是回家去了，沒有家的也同公寓去了。我愛的人兒！你想我還有心回公寓嗎？從前每天午飯的時候，桌上總擺着兩雙筷子，兩個碟子，兩隻磁碗；這些筷子，碟子，磁碗都是可愛的你親手買來的。你每天來時總帶來我所愛吃的小菜。

臨吃時你又時常勸我，說我吃飯吃菜都吃得太快，是不合衛生的。記得有一天，你買來許多牛肉乾，我狠吞虎嚥地一連吃了幾塊，你急了，把牛肉乾拿到你的面前，夾了一塊放在自己的嘴中，慢慢地咀嚼了一回，然後送到我的嘴裏。我那時眞淘氣呀！我不知感激，反向你說：「讓我自己吃吧！這樣的餵人實在於衛生有碍的。」你可生氣了，不肯接着吃飯。……我愛的！你愛我，眞像慈母愛子一般，連吃飯時也注意着的。你走後，你已經無心再在公寓中吃飯了。前天和昨天，都是在街頭巷口的小館子隨便叫些東西吃吃。在那裏同餐者雖然盡是些陌生人，然而究竟比一個人坐在房裏獨吃鬧熱得多了。所以今天，我在同事們都已經走完了以後，也一個人走到街上。我愛，這條僻靜的T街是我和你常常行走的。記得我和你在街上行走時，大地負着牠的一切在你的脚下爲你祝福；陽光和白雲在天空低吟讚美之歌，狂吹的風兒也爲你而寂然平靜。然而今天我是一個人行走了！我覺得街上的道路是那樣崎嶇不平，灰塵是那樣迷亂我的雙眼，我想着市場的餛飩好吃，便喊了一輛洋車，到市塲去。

我愛，在洋車上我曾幾次回轉頭來；因爲往日到市塲去，總是你的洋車跟在後面，我時常回轉頭來瞭望：要是我的洋車和你的洋車距離較遠，我一定叫我的洋車停着等你。今天，我還是一樣的回頭你的呵。我已經望不見你了！我望見後面跟着許多洋車，裏面坐着的盡是些不相識的人們，他們的道路也許不是我的道路。我於是感覺眼前是寂寞而且空虛，因爲沒有可愛的你在後面跟着。

市塲到了。好鬧熱的市塲呀！一切還和你在這裡時一樣。兩旁的洋貨布店，五色燦爛地擺着許多綢緞布疋；書攤上擺着許多新舊的書籍；食攤上擺着許多精美的食品；然而我都無心去理會牠們。在東口的一個茶樓上，我靠着樓窗坐下了。沿着樓窗望下去，可以望見市場上許多來來往往的人們：趾高氣揚的青年，披紅穿綠的少女，肥胖的商人，污穢的乞丐。我覺得眼前的人們都使我厭惡極了。我愛，你知道，當我初離家庭而初和社會接觸的時候，我的感想不是這樣呵，那時我的母親告訴我：「天下的男人都應當像兄弟一般看待；天下的女人都應當像姊妹一般看待。」那時我眞熱烈呵，我胸無城府的愛一切的人。然而我覺悟了，自我與社會接觸了幾年以後。經驗告訴我：人們不是個個可愛的，而且有些實在是不值得愛的。不值得愛的人們，你愛了他們，報酬只有帶毒的利箭穿透你的心。至於淡漠的人們，你給與熱烈的同情，收穫也只有傲慢和侮辱。我的思想改變了，我以爲博愛是不可能的事情。誰同誰有關係呢？爲什麽要博愛呢？我愛的人兒呵！從我有了你以後，受了你的高潔的思想與行爲的薰陶，我愈覺得眼前的人們是那樣惡臭而且愚蠢。我愛的，我雖然處在這熙熙攘攘的市場，然而我的確感覺孤獨的悲哀呵！我想總有一天，我愛的，我們離開一切討厭的人們，雙雙地建設我們的家，在我們理想的那裏：那裏，那裏有低低的山，那裏有清澈的泉，那裏有平舖的草地，那裏有整齊的森林，那裏你繪畫我吟詩，那裏你和我過着光陰直到白首！

我倚着窗兒凝想了若干時，隨便吃了兩碗餛飩，天色漸漸晚了，市場上盡是燈火。我獨自走下樓頭，慢步歸去。黑漆漆的天空，雲和星也一齊都隱了，狂風吹送我的歸途。為了減輕沿途的痛苦，我到處喊着可愛的你的名字。

呵，我愛的人兒！我現在已經回到我的公寓了。在燈光底下，我看見你繪的蘋果還是那樣鮮紅，你繪的山水還是那樣美麗，你倚着椅背凝望的小影，正斜着眼兒凝視着我，同你在這裏時一樣。然而可愛的你現在是在離開我數百里以外的鄉村裏了！這漫漫的長夜，我怎能安睡呢？看哪，現在，在我的身邊，有甜美的梨子，芬芳的花生，烤熟的栗子，這都是我從前買來供奉你而你所愛吃的。呵，我愛的人兒！這些梨子，這些花生，這些栗子，他們也都在這裏期望你的早來！

松蘿山下

我愛的敏今：

秋風吹到園中，桂花也含笑地開了。今早我趁同學們未起以前，獨坐園中桂花樹下，替你縫纖繡枕。我替你做的一對繡枕已經做好大半了，字是我自己織的，布是我自已縫的，一針針都經過我的手。我在枕上織了 Good Dream 兩字，覺得愉快而且沉醉，唇兒也常常和枕兒的布接近。一天的晚上，我正在燈下做枕邊，看着一條很長很長的布，漸漸漸漸的做短了，縐起一道均勻的摺紋，一針緊貼一針的織在枕上。這時我便想：這正是我愛的敏今夜夜緊貼着的地方了。後來我上了牀，無論如何也不能安睡，心魂都在浮雲中飄蕩。髣髴你的身體輕輕地落在我的身上，我覺得害羞，又輕輕的把你的身體推下去，你只是嬉笑頑皮的纏着我，把無限的接吻掩覆着我的嘴唇。我的心魂已經飄蕩在浮雲裏了，讓你緊緊的抱着我，任週身一陣陣的酸軟，心房不停的狂跳。院外鷄鳴，我纔知道自己還是隻身孤眠，手兒緊緊的擁着空被。爲了夢中的甜蜜，愈使我感覺眼前的荒凉和空虛。

下午課畢，便接到你的親愛的來書了。你說到你和你的同學在中學時代的愛情，使我十分感動。想起我自己的地下的松蘿舊侶，又不禁潛然流淚。

我愛，聽我告你，在松蘿女師時的一段情史。清翠而幽雅的松蘿山，我已經五年不曾看見牠那樣美麗的風景了。但我愛的玉蘭的影子，像松蘿山一般美麗的影子，——淡淡的雙眉，淸瘦的臉龐，肅靜的態度，樸素的衣裳，却無時不在我的心裏，夢裏飄蕩。呀！我愛的玉蘭！秋草已經長滿了你的墳上了罷？天寒地冷，枯骨凄涼，知否幾年前你的同性戀人，正在含淚追述那過去的如夢如烟的情史？

談起松羅女師，我愛，髣髴你是到過那裏的，總應該知道：中國式的洋房，平列在低小的松羅山下，前面是莽莽平原，平原盡處是一帶森林，蒼松和石楠相接。我初進松羅女師的那年，因爲學校經費正在窮困罷，所以開學較晚。記得那正是秋風蕭蕭的時節，那裏的石楠正盛開，淡花碧葉中掛了幾片紅葉，田壩上的野花亂草，黃色的松羅山，包藏在迷離恍惚的天空裏，使人生出一種沉醉的情調。

那時陪我同去考試的是我的親愛的爺爺。他同我入校以後，我看見比我大小的姊妹們，來往奔走，精神十分活潑。爺爺和校長是朋友，我們便直接到校長室裏去，一個面目瘦削可怕的老年人迎了出來，這當然就是校長了，我對他鞠了一個躬，他便令人領我到校室裏去應試，那裏有幾十個大小女子已在那裏，我便坐在一個衣服樸素的女子的左面，她穿着灰色的土布衫裙，面目淸麗，舉止端莊，凝神靜坐，眉頭稍蹙。我想：她許是在想念她的媽媽罷？因爲我自己的心中，也正苦想媽媽，所以不知不覺地以己度人了。投考的幾十個女孩，同她比較起來，就髣髴幾十朵紅綠野花之中夾着一朶幽蘭，我走近前去，同她通了姓名，纔知道她叫做「李玉蘭」！玉蘭，眞是人符共名，我心中暗暗佩服而且讚美了，後來榜發，落名者只有數名，我也僥倖考取了，而我所讚美的玉蘭，竟名列第一！

玉蘭從此成了我的同學。我們恰好又同住在一個寢室裏，那個寢室裏一共有四人，玉蘭的牀舖，和我相連，我們兩人的枕兒，只隔着半尺般的遠近。

我愛的敏今，你在街上看見走路的女學生們，大約多是規行矩步，舉動端莊能。但女學生在學校裏，其吵鬧喧嘩，正不下於男學生。只要校課一完，大家便回到寢室裏大聲的嚷談起來了。除了談話以外，大家便是忙着吃東西，打開箱子來，花生呀，瓜子呀，餅干呀，水菓呀；每逢星期到隣近的街上走走，總是大包小包的帶了回來。

「那裏是在這裏讀書呢？到這裏來，大約就是談話和吃東西罷。」我心中微笑而且恍然了。松蘿女師同學有二百餘人，這談話和吃東西的風氣，可算全校一致能，我們同班的朋友，因爲有些是來自田間，所以在喧嘩與饕餮兩方面，也正同功課一般，程度不能與別班的同學比擬。

然而風氣終於跟着時間興盛起來了，一到星期，大家都約着上街買東西去，我離家較近，所以每逢星期便回家。媽媽說：「學校裏可帶東西去吃嗎？好的，火腿，鴨子，麻糖，蜜棗，家裏有的，多帶些去！」在同班裏，我忽然成爲最受同學們歡迎的人了，這因爲我有豐富的食品的緣故。

我的牀前從此成了宴會席，一到下課，便大家團團的聚起來，目的自然是聚餐和閒談。

但是玉蘭，離我牀前咫尺的玉蘭呀，她平常是沉默寡言的，所以總不肯輕易加入我們的聚會，她課餘只是一個人呆呆的躺在牀上，看書消遣。

有時我說：「玉蘭，來坐坐吧。」

「謝謝你，我躺躺好。」

有時我又說：「玉蘭，來吃些東西吧。」

「謝謝你，我不餓。」

從此議論紛紜了：也有說玉蘭是故意鳴高的，也有說玉蘭心中有傷心事的，也有說玉蘭脾氣孤僻的，於是有嘴尖心刻的人，便替玉蘭取了一個「孤魂野鬼」的綽號。

我對於玉蘭，却還是十分尊敬，對於她的學問和人格。

一天的晚上，我獨自先進寢室。瞥眼瞧見玉蘭躺在牀上，臉龎朝裏，似乎正在拭淚。同房的兩位同學，多未上樓，我便走近她的床前，對她說：「玉蘭！好好的，爲什麼哭？」說着，我便雙手圍着她的身子，把她扶了起來。

「人家說我是『孤魂野鬼』，」我的確是『孤魂野鬼』！」他抽抽噎噎地說。

「那是無聊人的閒話呀，理她什麼？也值得哭？」

「我是哭我的爹爹和媽媽，」她越發嗚咽得不成聲了。

「原來伯父伯母都不在了！」我也忍不住傷心，但是還柔和地勸她說：「不要哭了！哭壞了身子，有什麼益處呢？不過自己吃苦罷了！」

從那晚以後，我對於玉蘭，在尊敬的心裏，更加上一層濃厚的同情了。世界上沒有爹媽的人是最可憐的！命運眞是冷酷不堪的怪物，牠對於可憐的弱女子也絲毫不肯寬恕。

玉蘭的爹媽都沒有了，現在讀書，是誰供給她呢？她家中有什麼兄弟姊妹沒有？她有什麼很好的親戚？這些浮泛的問題，像毒蛇一般的纏着我的心了，我總想找個機會問問她。

玉蘭的座位是在前面，白天上課的時候，我和她隔得太遠了，而且教室裏聚着那麼多的人，我們怎樣可以密談呢？於是我所希望的僅有的談話機會，却在課餘無事的下午或晚上。

然而，一到課餘，好吃的同學又都螞蟻一般的纏着我了。玉蘭見同學們圍困着我的時節，她總遠遠遠遠地走開了，臉上更顯出冷淡的神氣。

我開始厭惡同學們的煩擾了。在就寢以後，我常聽見玉蘭輾轉反側的聲音，她每晚睡着的時間總很遲罷。我有時喊她：「玉蘭，還沒睡着麼？」

「沒有，你呢？」

我當然過了不久便酣酣地到夢鄉去了，至於玉蘭每晚何時睡着，也許只有黑暗的夜神和她的冷靜的牀榻知道她。

一個初冬的早上，我因爲給簷前吱吱喳喳的鵲子們喊醒了，便披衣起床，那時玉蘭正在梳洗。

她忽然嫣然一笑，指指房內的同學胡婉，張秀的床上，低聲說：

「你瞧瞧！」

玉蘭的臉上是不容易見着笑容的，現在有什麼事使她開心呢？哦，哦，我發見秘密了，順眼望去，那兩張床上，有一張床上是空着沒有人，而旁的一張床上，就有兩個頭兒，併在一起。

我了解而且微笑了。

她說：「淑琴，我們到校園裏去走走罷。」

「好，」我說，略挽了挽我的頭髮，便偕她一同下樓，穿過靜悄悄的教室，從迴廊走到校園裏。

校園裏的樹木黃葉快要凋盡了。在寒風裏顫抖着她們的身子。花壇上也沒有什麼鮮花，只有幾叢殘枝斷莖還存留着。天色是蒼白的，憔悴如同病人的臉。

我握着玉蘭的手，坐在小亭內。

寒風吹起地上的枯葉，在小亭的四圍跳舞。

我說：「冷嗎？玉蘭！」我摸摸她的身上，棉袄是很薄的。

「不冷，」她說。

積在心裏的關於玉蘭身世的問題，霎時間都湧到我的口中來了。

我說：「玉蘭，年假回家麼？」

「回家。」

「府上如今誰管理家政呢？」

「伯伯。」她說着，帶了不快樂的聲氣。停了一會，又說：「年假回家，也不知道明年能不能再來了？」

「為什麼不來呢？我是很希望你來的。況且讀書不繼續下去，未免可惜。」

「自己誰不願意讀書呢？頑固的伯伯不肯哪！伯伯來信說：『來了三個月，用了四十元了！下學期還是不讀書了罷。』你想還有繼續讀書的機會麼？」

「花四十元嗎？呵，你眞省！我做衣服還是家裏擔任，學膳費也不在內，已經花了一百五十元！」

「那是你家裏有錢哪！又有你的爹媽心疼你。我家裏，唉，那裡沒錢，只恨我的爹媽死得太早了，現在有錢也不許我用了。」

「有錢，伯伯爲什麼不許你用？」我的孩提的心中生了疑問了，其實在經過事故的人們看來，當然正是愚問。

「伯伯要用呀！伯伯有三個兒子，大的是不做事，在家裏坐着吃。老二老三都在郜城中學，每年要用一千多塊錢。伯伯自己還要抽大烟……」

「討厭的伯伯，狠心的伯伯！」我破口罵出了，又覺得自己未免孟浪。

膳室裏的鐘聲悠揚地傳來，已是早餐時候了，我便握着玉蘭的手，說：「我們回去早餐罷。」

玉蘭對我，從此更加親熱了，但她在衆人之前，她總保持她的冷靜孤傲的態度。我却漸漸不避嫌疑起來了，課餘常常携着她的手兒走着。」

她說：「淑琴，你這樣親近我，旁人一定十分妒忌，於你是有害的。」

「管什麼呢？我覺得除你以外，旁人都是十分討厭的。」

「那樣，旁人得不着你的東西吃，更要恨我了。」她笑着說。

「她們那裏眞同我好，也不過貪圖我的東西吃，我不給她們東西吃，她們自然不肯來親近我了。」

我已經死心塌地爲了玉蘭而犧牲一切浮泛的交情了，我的脉脉從此也日漸冷落，每逢我和玉蘭携手走着的時節，我總覺得同學們是在旁邊譏笑我們，議論我們，或者毀謗我們。

一天的晚上，我忽然醒來了，明月在窗上照着，靜悄悄的寢室裏，微聞玉蘭正在轉側之聲，我便輕輕的喊着「玉蘭。」「淑琴，」她答。「你醒來了？」「是的。」這時我的荒凉的心中，忽然起了一種神秘的希望了，我便謊着說：「玉蘭，我怕，到你的床上來睡。」「好的，你來罷。」我便一溜身跑到玉蘭的床上去，她摸摸我的身上說，「你冷嗎？」「不冷，」我說，我的頭已經靠着玉蘭的頭，我的身體也已經緊緊地貼着玉蘭的身體了。她的清瘦的肢體，映在月光裏好像銀針般的微白顏色。「她們兩個每晚這樣的，」她說，手指指胡婉和張秀的牀。「哦，我因爲睡着得早，起來得遲，所以只瞧見一次。」她的手摸着我的下身了，她笑着說：「喂，你怎樣把褲子脫了？」我也忍不住笑了，說：「脫着睡，衛生些，我要脫下你的褲子。」「幹嗎？不要吵，好好兒躺着。」說着，她便拉緊我的手。「我又不是男子，你還怕羞嗎？」「脫了幹什麼？她已經鬆下我的手了，我便把她的褲子扯了下來。「我要摸，」我說，我便伸手亂摸，正在難分難解，百般顛狂的時節，我忽然感覺玉蘭的眼淚淌到我的臉上來了。我以爲玉蘭是在惱我，哀求地說：「玉蘭，不要那樣，我不鬧了。」「我不是爲了你，我是在恨我的萬惡的伯伯的兒子！」「爲什麼呢？」我一連問了幾聲，玉蘭總不理我。我說：「好姊姊，你告訴我罷，不說，我也要哭了。」我便在枕上嗚咽起來。「我告訴你，但是你不要告訴人。」她說，停了一會，她把被兒蓋着我和她的頭，細聲地說：「我因爲你的胡鬧，想起我的萬惡的哥哥，其實，算得什麼哥哥。」「是那個伯伯的兒子麼？」我問。「是的。他中學畢業，也不做事，整天在家胡混。他常常說鬼話給我聽，我却總不理他。今年春天的一個晚上，家裡旁人都靜悄悄地睡了，我一個人走到樓台上去望月。冷不防那討厭的鬼也鬧上來了，他吃得醉凶凶，靠近我的身前，說：『妹妹，好雅興，看月哪！』說着，便拉着我的手。我說：『大哥，不要拉拉扯扯的。』『有什麼要緊呢？這裡又沒有人！』他把我一抱，我的脚便離了地，他的酒氣冲人的嘴唇便緊緊地貼在我的嘴唇上，舌頭也不住的要伸進來。」「讓牠伸進來了麼？」我急了，插口問。「沒有，我把嘴唇緊緊閉着。他把手一鬆，我的脚仍舊落地。他便伸手摸我的胸部，我把他的手緊緊握着，他的力氣大，我支持不住，他的手已經伸進我的懷裡了。以後……」說到這裡，她又嗚嗚咽咽地哭起來了。我更急了，用被角擦乾她的眼淚，說：「以後怎樣呢？不要哭，說呀！」「以後，以後，他說：『好妹妹，你可憐我一刻吧。』說着，他順手把我一歪，我便兩脚朝天地躺在樓台上，他也躺下身子來，要扯去我的裙子，我一面哭，一面出死命的掙扎着，正在危急萬分的時節，忽然聽見樓梯上的脚步響，我說：『人來了，快放手！』他便一溜煙地跑去了……」說完，她的眼淚又不住地滾下來，濕遍了我的臉頰。我恨恨地罵：「豬狗不如的東西！但是，玉蘭，以後還遇見這樣的事麼？」「沒有，以後我十分小心，晚上也叫了一個丫頭陪伴，所以他沒有機會了。但他對於我，總時常擠眉弄眼的。我又不敢告訴人，這樣醜事，怎樣可以說出來呢？這是我第一次告訴你。」停了一刻，她又說：「淑琴，這樣的家，叫我如何敢同去？」我翻了一翻身子，把她抱着說：「玉蘭，你將來到我家裡去住。」「你的家究竟是你的家呀！」她說。「不，我想我的媽媽一定歡喜你的。」我說。

那晚我們倆兒再也睡不着了，天剛微明，她便推推我說：「起來過去睡罷。」「怕人瞧見麼？」我笑着，趕快跑回我的牀上了。

從此一連幾天，每晚在人們未睡以前，我們倆兒是各人睡在各人床上的。一等到人們都睡靜了，燈光也已經全熄，我們又在一個床上睡着了。在天明以前，我們又分了開來。後來漸漸胆大了，簡直也不瞞着人了，一上床就睡在一起，到搖了起身鈴纔兩人一同起床。

到了星期日，我也懶得回家了，只是緊緊地抱着玉蘭，睡一晚一天，不吃飯也不起床，最奇怪的是一點不餓也不疲倦。我們每次洗澡總在一個盆裡，冷了，兩個人抱着打顫。

我一連三星期沒有回家，媽媽焦急起來了。因爲那時爹爹到縣城裡玩去了，媽媽一個人在家，更覺十分寂寞。於是十一月上旬的一個星期日，她便派了老媽，帶了些吃的東西到校中來。可巧我因爲肚裡餓了，先往飯廳吃飯去了，她來找我，人家說我在飯廳中吃飯，他只是不信，要人領着到飯廳裡來，她一見我，脫口的說道：「哎呀！我的小姐！你怎樣一個人到這裡來吃飯，不怕狗子打架嚇了嗎？」她瞧了瞧我的桌上的飯菜，說：「小姐，怎麼用這樣大的碗吃飯啦！這樣的菜蔬也吃得下嗎？小姐到了學校裡，眞眞是換了一個人了。媽呀！小姐，你的臉爲什麼晒得這樣黑？」說着，她瞧着我的臉只是笑。後來我帶她到寢室裡去，我介紹玉蘭見她，說這是我的好朋友。叫她回去告訴媽媽，下星期日我和玉蘭一同回家玩一天。她瞧了一瞧玉蘭上下，說：「好模樣的小姐！只是太瘦了些！同我們小姐倒是一對，可惜一般是小姐，哈，哈，哈！」「別多嘴！沒有事，早些走罷！」我說。

到了下星期日，玉蘭果然和我一同到我的家裡去了。我的媽媽十分歡喜。她照我平常喜歡吃的，點了幾樣菜，吩咐廚子去弄。媽媽對玉蘭說：「因爲你初次到我的家裡來，還不知道你歡喜吃什麼。你們倆這樣要好，大約口味也相彷彿吧。」說着，媽媽只是笑。後來玉蘭吃了也說十分適口。媽媽說她客氣，然而我知道那是她的眞話，因爲她的口味的確是和我相合的。

那天的天氣很好，午餐後，我和玉蘭携着手兒到村中近處去散步，經過清澈的小溪旁，站在田壩上，望着荒凉而清淡的曠野：遠處的竹林茅舍，荒塚孤亭，平列在黃色的土山下；山上白雲，正展開她的裙裾，趁着微熱的陽光，斜倚笑臉，媚覤這冷靜的人間。西風清凉地吹着她頭上的細長髮絲，時時拂過我的頸旁，使人生出一種奇癢而愉快的情感。在陽光底下斜望她白嫩的臉頰，紅艷得正同抹上了胭脂。四顧無人，我頗覺情不自禁，突然的吻了一吻她的美麗的嬌臉，說：「好玉蘭，你歡喜我們的村中野景嗎？」她把雙手腰帶似的圍着我，說：「我歡喜，——我歡喜永遠地同你吻着，在這荒涼的田壩上，在那清澈的小溪旁，在遠處的土山上，在飄渺的白雲下，在荒塚上，在竹林中，在茅舍裡。」說完，她鬆開手兒東西亂指。我說：「好！你快離開那樣的家庭，來這裡和我一起！」「只怕是不能長久！待你出嫁，我更同誰住在這裡！」「不，我決不嫁——不嫁旁人只嫁你！」我笑着說。「癡丫頭，只怕你的爹媽決不會允許你。女人如何嫁給女人？」她說，我也不禁憮然。停了一刻，我又說：「今年寒假你不要回家，到我們這裡來看雪景。」「不，」她說，「假如明年還進學校，一定到你家裡過一個清閒的暑假。」「好，玉蘭，你千萬不要失信！」

太陽不肯爲我們的快遊而多停一刻，轉眼便要西歸，天邊便顯出紅色的光芒，炊煙四起，暮鴉亂飛。我說：「太陽沒有多時的快樂，不久便要回去了。」「我們趁着太陽未走先回去罷。」說着，我們便攜手回家，辭別媽媽，媽媽已經替我們備好了許多食品。她對玉蘭說：「我歡喜你，希望你以後常同淑琴來家玩玩。你們倆兒當眞像一對姊妹！」

寒假快近了，同學們都忙着預備功課。

玉蘭說：「你晚上不許來吵我了！晚上來吵，第二天總是不能起早。要考了，規矩一些罷。」

「好的。」我假裝答應了，心裡只是好笑。晚上在自己牀上睡了一會，又跑到她的床上去了。她還沒有睡着，用手推推我說：「怎麼又來了？」「好玉蘭，饒饒我罷，我一個人怕——」「呸！怕什麼？從前還不是一個人睡的。分明說謊！」她說。那天晚上我總算又擠在一床睡了。

次日早上她說：「你今晚再來，我要去告訴舍監了。」「好的，你去告訴。」我笑着說。「你眞是一個不懂事的小女孩！假如這番考試不及格，大家都留級，有什麼好處呢？明年我更沒有臉面來校了。」說着，她眼中噙滿了眼淚。我急了，連忙說：「好玉蘭，不要哭，我一個人睡也好。待考完了，再兩個人好好兒睡，睡三天三晚。」說完，我含笑望着她。「考完了自然隨你，」她也笑了，用手摸摸我的頭髮，說：「你的頭髮亂得像草一般的，也不理理！」

學校中每晚熄燈是有一定時間的，她便買了幾枝洋燭，每晚預備功課。有一次，我半夜醒來，朦朧眼前有光，知道勤苦的玉蘭正在看書，便喊她：「玉蘭，你要不要命呀？」「好，我就睡了。」等我再睡醒來，髣髴玉蘭還在看書，我說：「玉蘭，你眞不要命了！你再不睡，我要起來吵你了。」她纔沒奈何地就寢。

但是，命運，殘酷的命運呀！牠對於玉蘭這樣優秀而美麗的女郎，竟絲毫不加以憐惜。在考試的前三天，我們寢室裡，忽然發生偸竊的問題，住在我的對面的胡婉，說是她失了錢了。這是怎樣奇怪的一件事情呢？胡婉說：「錢袋裡有五塊現洋，擺在箱上，次天上午去拿來用，一摸，錢袋是空的。錢那裡去了呢？一定是誰偸去了？」

是誰把錢偸去了呢？寢室裡一共四人，除了胡婉，大家都有嫌疑。另外一個打掃房間的女僕，當然也有嫌疑的。

於是大家開始討論了：錢是當天晚上放在錢袋裡的，次天上午便沒有了。是晚上偸去了，還是次天早上偸去了呢？晚上只有玉蘭睡得最遲。女僕充當本寢室早上洒掃時，胡婉自己還在房內看見的。次天恰是玉蘭值日生，房門鎖後，鑰匙是放在玉蘭的身上。

從胡婉與張秀口角中流露出來的意思，玉蘭竟不幸而有重大的嫌疑了。她們倆先前同我也很好的，後來爲了玉蘭的緣故，漸漸同我疏遠了。我知道玉蘭是冤枉的，但是不好意思出來辯護。她們倆也不肯直言，只是明譏暗刺。

最痛苦的自然是玉蘭了，她急得臉孔青白，向我說：「我要做賊，天誅地滅！請她們查我的箱好了。」我說了很多的話安慰她，我勸她暫時不要着急，將來總會水落石出的。她說：「『水落石出』是沒有的事！世界上冤枉的人永遠是不能昭雪的。眞的賊反而不會吃虧！」

舍監知道失錢的事了，她是贊美玉蘭平日的品行的，她悄悄地告訴我，她決不信玉蘭有做賊的事。她叫我勸玉蘭忍耐着，學校裡正在暗暗的查，是誰偸去的，將來總有明白的一天。

但可惡的是那學校裏的老校長！他聽信一面之詞，也不管玉蘭平日是怎樣用功的好學生，他把玉蘭叫到校長室去，狠狠地罵了一頓。

我恨極那不分皂白的老校長了，我對玉蘭說：「他雖是我爹爹的朋友，我要寫信給爹爹，叫他同這樣糊塗老狗兒絕交！」但是我的謾罵，如何可轉移玉蘭那樣悲哀的情思呢！可憐玉蘭的苦痛的心中加上了那樣的打擊，她眞支持不住了，躺在床上哭了一天一晚。像豺狼般殘忍的胡張二人，晚上在一個床上，嬉笑玩弄之餘，還斷斷續續地罵：「孤魂野鬼……賊……該死的賊……」

我愛的敏今，寫到這裏，我的眼淚不住地滾下，我眞不忍再寫下去了。多情的你，也當替可憐的玉蘭流淚罷。我愛的，請你忍住眼淚，聽我說完玉蘭悲慘的結局。

學校中的考試開始了，玉蘭忽然出人意外地把她的痛苦收藏起來，她帶了慘白的臉，她同我們一般去應試。每種課程考完以後，我問：「玉蘭，你考得好麼？」「還好，沒有什麼大錯。」「呀，我可錯得利害！」「誰教你平常愛鬧呀！」「不得了！玉蘭，若是明年我留級，你升級，我們倆兒豈不是不能在一處了麼？」我忽然焦急的說。「不會，你不會留級。」她安慰我似的說，停了一刻，她又說：「我們倆兒明年還能在一處麼？咳！誰知道？」「玉蘭，你想不來了麼？不行，不行，不行！」我似小孩般地抱着她。「來，假如我……我一定來。」

考試完了，大家等待學校裏出榜。我正纏着玉蘭踐考試以前的約，兩人睡在一床，每天戀着不肯起。這時的玉蘭，愛我眞愛得激烈極了，我們晚上緊緊地抱着，她的舌尖便自然地送到我的嘴中來了，有時我怕咬了她的舌尖的嫩皮，把她的舌尖送回去，她便稱意的自己咬破了她的舌尖，把鮮血送到我的唇邊來求憐憫。有時半夜醒來，她咬我，摘我的肉，我總笑嘻嘻的，不喊也不怨。可惜世界上歡娛的時間是不能常久的，在放學前一天的下午，我們倆兒正抱着睡在床上未起，討厭的胡婉與張秀跑進房來，口中喊道：「考了第一了！呀，賊的第一！」我知道玉蘭考了第一了，心中暗喜；因爲她們暗罵玉蘭，又不禁十分心恨。睜眼看我手中的玉蘭，已氣得臉色發青了，我連忙用嘴唇親着她的臉。

那天晚上，我和玉蘭都一晚未睡。我總怕她明年不肯來了，我說：「玉蘭，你考了第一了，也許你的伯伯要歡喜些。」「他嗎？他歡喜什麼？他歡喜錢！」「玉蘭，你明年來好了，你的錢不夠，我可省用些，一個人的錢兩個人也夠用了。」「我不用你的錢！我已經無端的背上賊名了，用你的錢，豈不又成了騙子！」「不許瞎說！」我用手閉着她的口，她的眼淚又淌出了。

天色剛明大家起來，把書籍及用具理好，我的家中派了轎子來接我，玉蘭家中還沒有人來。我要等着玉蘭一同走，她說：「不必等！橫竪大家不同路。家中沒有轎來接我，我自會坐轎回家的。」她送我到學校門口，我們還携着手兒走了一節，我說：「玉蘭，你一定要來呀！你不來，我也不來了。」「好，我來。」她的神色十分沉靜。走了一刻，我忽然想起，湊着她的耳朵告訴她：「你還應該留心你的哥哥……」「我知道。」她說。轎夫一再催我上轎，我只得沒奈何地上轎走了。寒風吹着她的衣裙，我的轎子已經走了，遠了，我回頭還在轎窗中隱約地望見她站在寒風中揮着白巾送我。

我回家以後，第二天接到她爹爹的幾句信，說是平安到家了，我的心中也安慰了些。我同媽媽談起玉蘭，媽媽也嘆息地說：「那樣美麗而端莊的女孩，也會做賊嗎？不會，一定是旁人誣她的。等你爹爹回來，叫他寫信去給校長，叫學校裡仔細再查查看，不要寃曲了好人！」後來她又說：「你寫信給玉蘭，叫她過了年到我家裡玩玩；開學時一同進學校罷。」我歡喜地照了媽媽的話寫了一封長信，正想寄去給她，郵票已經貼好了，她的可憐的最後一封悲慘的信却已經來了。呀，我愛的敏今，我現在姑且噙着眼淚把她的信兒抄下，擔心些，好人兒，預備着手帕來揩眼淚罷：

我愛的淑琴：

你已經收到了我的信嗎？可愛的，你怎樣還不回信呀！唉！我已經等不着看見你的回信了！

昨晚伯伯接到學校裡校長來信，說我有偸竊嫌疑，叫我下期不要再進松蘿女師了。伯伯接信後大罵了我一頓，他說我敗壞家庭名譽，他要我快快給他死掉。刻毒的大哥又趁勢的百般凌辱我。呵，淑琴，你知道我決不會那樣下流無恥去做賊。但事到如今，叫我有口也如何分辯？

照我的境遇，我本應該早死了，偸生到今天，實非我之所願。呵，淑琴，在你接着這信的時候，你愛的玉蘭早已與她的爹媽聚首於虛無飄渺的陰間了，你應該爲她祝福。但是，淑琴，爲了我們倆兒之愛情，我在最後一呼吸以前，還十分戀念着你。

唉，當我帶着寃枉躺在荒涼寂寞的地下的時候，枯草和塵土自然會爲我不平着痛哭的。我希望我心中對你的愛情能從塵土裡上仲起來，在春天幻作悲哀的鮮花。

淑琴，我愛的，你應該牢起着。胡婉的那五塊錢決不是我偸的，將來有查出究竟是誰偸去的一天，你應該寫封信到我的家裡去。使那些殘忍的家人知道我死去的寃枉。

你不要痛恨那糊塗的校長，他那一封信，實在有萬分力量，可以教我勇敢地走我自己的路。

唉，淑琴，你是那樣年青，美麗，活潑，聰明，望你珍重着自己的青春，願你能得着一個如意的郎君，同你一般的美麗，活潑，聰明。假如你們將來在溫柔的繡榻上，會談起我的名字，那麼我的骸骨可以睡得安適而且舒服了。你千萬不要爲了我的死而十分悲傷。珍重呀，我愛的淑琴！

硝强水是早已備好了，我現在要喝乾了牠，走我自己的虛無的路。

替我望望你的媽媽。

玉蘭上

敏今，我的好人兒！接得玉蘭的死信後，我簡直悲傷的同瘋人一般，半個月不曾起床。後來我想再也不忍到那黑暗的松羅女師去，所以就同媽媽爹爹商妥，轉學到現在的省立女師來了。

但是那五塊錢究竟是誰偷的呢？後來我打聽了好多松羅女師的人們，據說這件偷案到現在還不曾查明！可憐的玉蘭！她的寃枉將同她的身體一般，永遠沉埋到黑暗的地下去了！

你愛的淑琴　秋之午夜

你教我怎麼辦呢

七月三十日

今天纔算好些了。這暑假裡，本來該多讀些書、預備考女高師。那知這一病就是兩星期！

早上，母親來糊糊塗塗地問了幾句：「好了麼？可想吃什麼東西？教王媽做去。」說着，又到劉家打牌去了。

唉！母親只顧打牌，阿姊也只顧出去飄蕩，橫豎各人有各人的嗜好，各人有各人玩的地方。

阿姊今天沒有來看我。大概我的病好了，阿姊反不高興，也未可知。阿姊是希望我生病的，並且還希望我……唉！

我只盼望我的愛人快來。叫王媽打電話到前毛家灣去。他來時已經一點鐘了。他看見我已經起牀，十分快活，走近前，摸摸我的額，又拉着我的手，笑着說：「我說今兒定要全愈了，怪不得昨晚做了一晚好夢，夢見和你到中天去看電影。」說了，他便在我的額上親了一個嘴。

我忽然覺得一陣心酸，眼淚便不由的滾下來。他呆着了，說：「好好的，怎麼又哭了起來？」我說：「愛人呀！倘若沒有你，我早就該病死了！」「寶寶，不要哭了。」他用手帕揩乾我的眼淚，用嘴唇緊緊的親着我的嘴唇。

我們倆擁抱了很多時。他走時，天已經晚了。可愛的人兒！兩星期以來，他天天在烈日底下奔跑，也夠累了。

我給他什麼呢？給他接吻？給他擁抱？晚上，躺在牀上想，漸漸覺得眼前又充滿了快樂和光明。

七月三十一日

昨晚，我愛走的時節，握着我的手說道：「再會，明天一定早些來。」今天他果然來的很早。他笑着問我，笑得極嫵媚，說：「今天精神更好些了麼？」我答：「更好些了，謝謝你！」

啊，我每次看見我愛的笑容和黑眼珠，心裡便立刻快樂了。我們倆兒頑了半天，有時握手，有時親嘴，有時我坐在我愛人身上，他的手便到處亂摸了。我說：「好人兒，不要胡鬧，怪厭煩的。」他知道我身體還柔弱，所以也就停止他的顛狂了。

　　我愛的回去了，過了一刻，他家裡的僕人送了一隻鷄兩個大西瓜來，阿姊看了看東西，說：「這些東西我們不要吃，請你帶回去罷！」僕人說：「不，一定不能帶轉去，帶轉去少爺要怪我的。」阿姊說：「我們不吃這些東西！你們爲什麼不先來問我們要吃什麼東西然後纔送呢？」我聽了這句無道理的話，忍不住氣冲上來了，我說：「阿姊！我從沒聽見過，送東西給人家要先問問人家喜歡吃什麼！」阿姊把臉一沉，走進房去了。母親出來說：「大家不吃，還是讓他帶回去罷！」我大聲地說：「誰不要吃！你們不吃！我吃！」我把鷄和西瓜全拿到我房裏來了，母親還斷斷續續地在說：「西瓜：：：你也少吃些好。」我不理她。

　　我只希望我愛不要知道今天這些事，他的僕人也許不敢告訴他吧？否則，那可愛的青年又要氣得哭了。

狠心的阿姊和母親⋯⋯⋯⋯我爲了她們暗暗的哭到半夜。

八月一日

天氣熱得荒，母親一早就出去打牌了。阿姊邀我到劉家去看打牌。我因爲我愛的要來，沒有同她去。

我只怕昨天的事吹到我愛耳中，他一定要生氣了。他只是不來！耳聽着壁上鐘擺的搭的搭的聲音，眼前蒼蠅亂飛，眞叫人十分納悶！

我忍不住了，便去打電話給他，電話號碼還沒有接上，我愛的却已經站在我的面前了，笑吟吟地。這時節許多感想都潮一般地湧起來，湧到我的心胸，迫得我要哭。我愛的坐在我的身邊，說：「又是她們欺負你麽？不要生氣，勇敢些罷！」我說，「要是父親還在，她們那裡敢這樣欺負我呀！一眼淚流滿我的臉上了。

晚上，阿姊回來了，帶了劉永紳同來，在廳上談話。我在房裡看報，聽見他們倆兒嘻嘻哈哈的談得十分快活。我在玻璃窗上偷瞧了一下，瞧見阿姊很輕浮地坐在劉家兒子的身邊，劉家兒子的右手伸在阿姊的懷裏…………

唉！父親死後，我家竟弄到這步田地！真是可嘆呀！我有點頭痛了。

八月二日

九點鐘的時候，我愛來了。他告訴我，昨夜和他的父親母親談話談得很久。

「談些什麽呢？」我有點奇怪了。

「他們要我和你結婚。父親說：『還是結婚好，省得人家說閒話！』母親說：『不結婚，就是自由戀愛也是姘頭！』」

「你怎樣回答他們呢？」我問他。

「我說：『請你們不要干涉我和淑貞的婚姻問題。要是結了婚，你們有錢供給我和淑貞兩個人讀書留學麽？』他們都一聲不響了。後來我們便談旁的家務事。」

「你回答的很對！我們倆兒應該竭力反對形式的結婚！母親和阿姊正想我早點嫁，她們可多得我父親的遺產！我病的時節，阿姊很快活，母親也照樣的出去打牌。她們這種行爲簡直希望我快點死，你也看得出來罷。我現在下了决心了。她們要我嫁，我偏不嫁，看她們怎樣？今年進女高師去，女高師畢業同你到日本去。讀書用錢，她們敢不拿出來！你不看見阿姊麽？他那樣行爲，還說要獨身，還不是想得父親遺下來的錢？我們要奮鬥到底！」

「對的，你說的是！」我又抱在我愛的身上了。

八月四日

今天精神好一點，上午預備了些代數幾何的功課。我愛打電話來，說今天有事，不來看我了。

十一點的時候，劉永嬌來，阿姊陪她在廳上談天，我也去加入閒談。

「你弟弟對他未婚妻的事怎樣呢？」阿姊問。

「還是同從前一樣，不會好的。」永嬌答。

「你的父親母親怎樣辦呢？爲什麼不把庚帖還女家？」

「我父親不肯，沒法子！」永嬌答。

「那眞是討厭呀！」阿姊說。

「是的，眞正討厭！」永嬌說。

阿姊這樣關心劉永紳的婚姻問題，已不止一次，我心裏要想笑，只是不好意思笑出聲。

晚上，我想明天到琉璃廠買些參攷書，因到母親那裏去要錢，「你要錢，那麼，你的姊姊也要錢了。」母親說。

「我並不要錢亂用，我是要錢買書。」

「我前兒打牌，贏了十幾元，你姊姊不知道，現在給五元罷。」說着，母親摸他的錢袋。

「我不要你私人的錢，買書的錢儘可以向總賬裏拿，爲什麼要瞞着阿姊呢？難道她用錢不向總賬裡拿？——要你私人的錢？」

「我也無錢再供給你讀書了。你讀了幾年書夠了，何必再要讀上去呢？」

「我上半年在培華讀書的時節，你同阿姊不是都說畢業後可以讓我升學嗎？為什麼現在又翻悔起來。無論怎樣，下半年我還要進女高師讀書！」我有點生氣了，大聲地說。

「下期一定不要讀書了。預備，預備，明年出嫁罷。」母親說，沉下臉來。

「你們要我快快出嫁，我偏偏不出嫁，到老不出嫁，看你們將我怎樣！」

母親不說話，躺在床上，我便賭氣着回房了。

八月五，六日

昨晚在床上哭了許久，也想了許久。

現代社會，是金錢的社會。金錢支配了政治，道德，法律；金錢支配了家庭；金錢也支配了父母，兄弟，姊妹間的種種關係。家庭間的許多籐葛，全是由金錢起來。

父親臨死時對我們說；「家中財產，三分之一給你們母親養老，其餘兩份，留給你們讀書。誰不願多讀書而早出嫁的，給她一二十畝地，五百現洋。誰願意讀書上進，服務社會，終身不嫁的，就得了我們所餘的財產，隨她用之於公共事業。」

父親的話是對的，他臨死不忘社會公益。他不希望他的女兒嫁人，只希望他的女兒做一個上進的人，在社會上做點事。

地下的父親呀！你知道阿姊和母親現在的情景，你也要痛哭流涕的感嘆罷。

這兩天晚上，母親仍每晚到劉家打牌，阿姊也每晚跟了去。今天早餐的時節，阿姊對母親說：「劉永紳說，他們要搬家，我們西院有空房，搬到我家來同住也好。」母親笑了一笑，似表示贊成，因為我在房邊，所以沒有開口。

八月七日

我愛來了，他看見我，兩手便腰帶似的圍着我了。他把我抱在他的身上，他用嘴唇緊緊地靠着我的嘴唇。我的唾液流在他的嘴唇中，他的唾液流在我的嘴唇裏。呀！我們倆兒是何等愉快，何等幸福呀！

但是詐僞而險惡的母親，一面設法隔擋我和他的戀愛，一面謀奪我的財產。

人類的歷史，便是競爭的歷史。優勝劣敗，天演公例。我雖然是弱者，但我一定要和阿姊，母親奮鬥，不達到目的不止。

晚上，我對母親說：「你不給我錢買參考書，我考女高師要考不取了。」她聽了一聲不響。我正把話再說了一遍。她說：「你要多少錢呢？」我說，「我早已對你說過了。」她說：「我要睡覺了，下次再談罷。」我氣極了，我說：「我只和你說一句話，何必要下次再談呢！你不肯給錢，也可老實說，何必假辭推托呢！」她假裝不聽見，回到房裏去了。

八月八，九日

母親和阿姊總凶惡地對着我。

我想預備書，也靜不下心來。我天天憂慮着，阿姊和母親只希望我快嫁出去。我偏偏不嫁，她們將怎樣對待我呢？我覺得害怕，不敢再想下去。

一切都是空虛，只有在愛人嘴唇上所領受着的，在我心中所感覺着的那種燃燒的愛情，永遠存在，火不能燒散，水不能澆滅！

八月十日

我到母親房裏去，母親還沒有起牀，躺在牀上看小說世界。母親說：「淑貞，有什麼事嗎？」我說：「沒有什麼事。我想請母親想想，你是阿姊的母親，也是我的母親。做母親的人要公平些。」母親聽了這話很怒，一句話也不說，把頭躺向牀裏去了。

我愛來，阿姊和母親臉上都現出厭惡的樣子。我愛玩了一會，很不快活地回去了。

我到院中立了一會，眼前迷漫着黑暗，我髣髴有個刺客扼搤着我的咽喉，心中抑悶而且發抖，迫得我狂流熱淚。裏面燈光一閃，王媽走了出來，我纔把憂鬱關在心裏，抹乾眼淚，走進房去。

八月十一日

昨晚睡得不很好，起來覺得頭昏，渾身鬆軟。

我對母親說：「我沒有裙子，阿姊的舊裙子也給我穿破了。我又沒有時新些的夏衫。你到現在還不給我做麼？」母親說：「等你姊做的時候你再做罷。」我說：「不行！」母親不理我，走進房去了。

我坐在大廳籐椅上想，越想越懊惱，午飯也沒有去吃。母親吃了飯，走出來說：「你爲什麼不去吃飯呢？」我說：「唉！你連話都不肯同我說了！」說着，我便流下淚來。母親說：「小孩子似的！吃飯去罷，裙子夏衫就替你做！」

我愛的今天沒有來！

八月十二日

女高師招考日期快到了，我想預備去報名。母親正提着錢袋要走出去。我說：「母親，我想到女高師去報名了。我病後還沒有出過門，你給我些錢，讓我去報名，乘便買些做裙做褂子的材料。」母親說：「你不要再進女高師了罷。我也沒有錢給你讀書了。」我說：「我年紀小，沒有學問，非再讀書不可。沒有錢，——大陸銀行裏的存款拿來幹什麼？」母親說：「那是我和你姊姊養老用的。我們沒有死，你別想亂花！」說着，母親便凶巴巴地走出去了。

我想不到自己的母親嘴裏說出這樣的惡話！回頭我躺在牀上，又想哭了。我也哭够了罷，流淚是卑怯者的行爲，想到這裏，我便坐了起來。

我不讀書也不要緊，只是我不讀書，我愛的人兒還有錢在北京大學混畢業嗎？我活着便爲了他，我讀書也是爲了他呀！

我等我愛來，他只是不來。三點鐘打過了，我聽見窗外的脚步聲，開了房門一看，果然是他來了。他神色倉皇，臉孔像紅血一般。

我驚惶了，我抱住他，我問：「好人兒，你為什麼這樣……？」我聞見他呼吸裏有酒氣，我說：「寶貝，你平常不喝酒的，今天為什麼喝得……？」我悲哽住了。他說：「死是最快活的了！」呵，傷心呀，難過呀，我聽了他的話，如冷水澆背一般，渾身戰慄。我說：「我的心肝！要是我不好，你儘可離開我，不要想着橫路。你的前途要緊！我是到死也愛你的……」

我們抱着哭了半天。後來，他纔說，他父親逼着他要和我結婚，否則要替他另娶，昨晚罵他一晚……………

外面有人聲，我們知道阿姊回來了，連忙止住眼淚。我愛也就匆匆忙忙地走了。阿姊進房來說：「今天劉家的藕眞好吃呀！阿妹你病好了這許多天，為什麼還不到劉家玩玩？」說着，她只是笑。我只得含胡的答她，她翻了一會棹上的茶花女，也就走了。

我渾身發抖，我又發寒了罷。你教我怎麼辦呢？天呀！